AF186706

Albert Engelhardt – Blicke und Begegnungen
Erzählungen

Albert Engelhardt

Blicke

und

Begegnungen

Erzählungen

Bibliografische Information der Deutschen Nationalbibliothek:
Die Deutsche Nationalbibliothek verzeichnet diese Publikation in der Deutschen
Nationalbibliografie; detaillierte bibliografische Daten sind im Internet über
http://dnb.dnb.de abrufbar.

© 2020 Albert Engelhardt
Herstellung und Verlag
BoD – Books on Demand, Norderstedt
ISBN: 9783750430945

Inhalt

Place de la Bastille, 17:30h

CAMILLE, SEINES ZEICHENS OBERKELLNER im *Castel du Sphinx*, freute sich, als die beiden älteren Herrschaften zum ersten Mal ein Wort wechselten. Nach einer Woche. Nach sieben Tagen, an denen sie Abend für Abend an zwei benachbarten Tischen gespeist hatten.

ER, GUSTAVE MIT NAMEN, trug all diese Abende ein aus der Mode gekommenes Jackett, großkariert, in zwei ehedem verschiedenen Brauntönen gehalten. Darunter trug er abwechselnd ein fein gestreiftes oder ein schlichtes hellblaues Hemd. Keine Krawatte. Die beige Hose mit Bügelfalte hing, wie Camille richtig vermutete, mit dem jetzt zu großen Jackett seit mehr als dreißig Jahren im Kleiderschrank des alten Mannes. Am Ende der ausgestreckten Beine fielen neue dunkelbraune Schuhe und die dünnen weißen Socken ins Auge.

Ob der Frau am Nebentisch die Socken und Schuhe und der dazugehörige Mann aufgefallen waren, wusste der Oberkellner nicht. Sie war groß gewachsen, von schmaler Figur, aber kräftigem Knochenbau. Ihr graues Haar war dicht, halblang geschnitten. Ihr trotz der lebendigen, neugierigen Augen streng anmutender Blick war geradeaus, auf die unterhalb des Restaurants liegende Bucht gerichtet. Ihre Kleidung war unauffällig, aber doch von dem gerade bei Frauen ihres Alters oftmals noch anzutreffenden Willen geprägt, schick angezogen zu sein. Zu ihrem Hosenanzug trug sie eine Art Sandalen, die in ihren jungen Jahren modern, aber auch jetzt wieder gefragt waren. Sie trug keine Strümpfe, trotz der käsigen Füße und blau geäderten Fesseln. Eine lange Halskette und mehrere Ringe an Fingern beider Hände waren keineswegs außergewöhnlich, doch geschmackvoll und mit Bedacht ausgewählt.

SIE, VOR ZIEMLICH GENAU ACHTZIG JAHREN auf den Namen Charlotte getauft, war die längste Zeit ihres Berufslebens Bibliothekarin gewesen. Der Mann

am Nachbartisch war in jungen Jahren als Preisboxer durch das Land gezogen, um dann als aus-
gelaugter Zweiundvierzigjähriger mit viel Glück
noch eine Anstellung bei der Post zu finden. Klein,
muskulös und drahtig, flink auf den Beinen und
mit den Fäusten, ohne Scheu und mit einem guten
Auge für die Schwächen der Gegner wollte er boxen
wie Dauthuille und Cerdan. Er schaffte es und war
jahrelang in neun von zehn Fällen als Sieger aus
dem Ring gegangen. Jeder zehnte Kampf wurde auf
Geheiß als Remis gewertet. Damit wurden die
großmäuligen, furchtlosen und naiven Bauern-
buben oder Stahlkocher, Gleisbauer und Matrosen
ins Boxzelt gelockt, um sich mit den Preisboxern
zu messen. Ein Remis wurde mit einer Flasche
billigem Champagner vergolten. Die meist fünfzig,
manchmal aber auch hundert Zuschauer füllten
mit ihrem Eintrittsgeld die Kasse. Frauen zahlten
die Hälfte.

Schon in ihren Mädchenjahren war die Buch-
närrin, die ihre früh erwachte Leidenschaft zum
Beruf machen sollte, dürr und groß gewesen. Sie
ging als Bohnenstange durch ihr junges Leben und
schon bald auch als Brillenschlange. Ihre Tanten
hatten dafür die immer gleiche Erklärung parat.

Hässlichen Mädchen blieb nichts anderes als Lesen (oder gar das Schreiben von Gedichten). Wer viel las, dessen Augen wurden schon in jungen Jahren überstrapaziert. Und der „gescheite Hinterkopf" gereiche ihr auch nicht gerade zur Zierde. Sie hatte deshalb bereits Anfang der fünfziger Jahre, als eine der ersten jungen Frauen aus den Dörfern ihres Lothringer Landstrichs, ein Haarnest getragen. Sie musste schmunzeln, wenn sie daran dachte, dass heute jedes zweite Mädchen einen Dutt trug. Und viele junge Frauen behandelten Brillen wie ein beliebiges anderes Accessoire, wie ein Halstuch oder einen Gürtel. Ungeschliffenes Fensterglas, Brillengestelle in vielfacher Ausfertigung und verschiedenen Farben.

CAMILLE WUSSTE, dass die Dame sich jeden Abend zunächst eine *Coupette de Champagne* gönnte, dann Wasser trank und zum Hauptgericht meistens einen leichten Weißwein von der Loire nahm. Ihr etwa gleichaltriger Nachbar trank zu seinen Mahlzeiten – ob Fisch oder Fleisch – immer zwei oder drei Gläser belgisches Bier. Zum Abschluss des Essens nahm er einen Calvados.

Camille räumte an beiden Tischen die Tellerchen und kleinen Gabeln für die *Amuses gueules* vom Tisch. Als ersten Gang hatte die Dame einen Teller *Crudités* mit drei dünnen Scheiben Kochschinken gewählt, er – wie schon zweimal in dieser Woche – die *Pâté de Campagne*. Dazu verzehrte der Pensionär die ersten Stücke Baguette; zum Hauptgericht würde Camilles Servierhilfe ein zweites Körbchen Weißbrot bringen müssen. Die ehemalige Bibliothekarin verzichtete auf Weißbrot. Sie knabberte den ganzen Abend an kleinen Sticks aus Maisgrieß, mehr aus Langeweile als hungrig. Sie ließ sich Zeit, schon bei dem fein geraspelten Gemüse – Karotten, Sellerie, Rote Bete, Kohlrabi – und dem saftigen Schinken. Das Gemüse stammte wie die Paté, die der frühere Preisboxer mit großem Appetit aß und mit der er eine Baguettescheibe nach der anderen bestrich, laut Menükarte von einem Bio-Bauernhof in der Nähe.

Der Speiseraum des Hotels hatte sich gefüllt. Neben den Gästen des Hauses fanden auch zahlreiche Touristen den Weg zum *Castel du Sphinx*, dessen spektakuläre Lage auf einem Felsvorsprung in fast jedem Reiseführer über diesen Küstenabschnitt erwähnt wurde. Gustave sah während des Essens kaum von seinem Teller auf, es sei denn, er wechselte notgedrungen ein Wort mit dem Kellner. Charlotte dagegen genoss den fantastischen Blick auf die vorgelagerten Felsen. Obwohl ihre Augen immer schlechter wurden und ihr rechtes Auge seit vielen Jahren nur noch sechzig Prozent Sehkraft aufwies, benötigte sie für den Blick in die Ferne keine Brille. Sie zählte die draußen kreuzenden Segelboote. Sie bestaunte wie an den Vortagen die prächtigen Villen entlang der in die Felsen gehauenen kurvenreichen Straße. Würde sie in der ersten Tischreihe sitzen, könnte sie jetzt in westlicher Richtung bis zu den Trégastel vorgelagerten Inseln schauen. Sie hatte sich mit der zweiten Reihe einverstanden erklärt, weil sie so mit dem Rücken an der Wand den Überblick über alle Tische des Speiseraums behielt.

Gustave hatte sein erstes *Leffe* getrunken. Die Pastete erinnerte ihn an die heimische Küche, an das Bahnwärterhäuschen, an seine Mutter und seine Schwestern.

IM JURA, auf vierhundert Meter Höhe, bei im Winter sehr kalten Temperaturen und in den Monaten davor und danach tagelang undurchdringlichem

Nebel hatte er seine Kindheit und frühe Jugend verbracht. Mit vierzehn Jahren hatte er wie viele Jungs aus der Gegend eine Anstellung in der Uhrenindustrie gefunden. Doch schnell zeigte sich, dass seine Finger und Hände, seine Art sich zu bewegen und nicht zuletzt sein Kopf – sein Fernweh und seine Träume – nicht für solche Art Arbeit gemacht waren.

Er schloss sich mit fünfzehn Jahren einem kleinen Zirkus, kurz darauf einer Schaustellertruppe an. Er wurde Junge für Alles, half beim Aufbau, Abbau und im Küchenwagen, versorgte Tiere, putzte Planen und Gestänge. Ohne Lohn, doch bei freier Kost und Logis. Die gebrochene Nase verdankte er einem tollpatschigen Aufbauhelfer. Er kam in die kleinen und großen Städte unten im Tal des Doubs, bis nach Montbéliard und Besançon. Und wenn die deutschen Besatzer es genehmigten, sogar ins schweizerische Delémont. Er hatte Kraft und keinerlei Scheu. In Héricourt wurde er eines Tages von einem Armenier aus Nizza angesprochen. Er bat um eine Stunde Bedenkzeit, verabschiedete sich vom Betreiber des Karussells, bei dem er zwei Monate gearbeitet hatte, und heuerte als Preisboxer bei dem Mann aus dem Süden an.

Während der folgenden zwanzig Jahre lernte er Hunderte Kirmesplätze im ganzen Land kennen.

Der Pfarrer ihrer Gemeinde, dem sie beichtete, sie habe *Madame Bovary* und eine dünne Broschüre über die Verrückte Camille Claudel gelesen, empfahl sie einem Freund in Saint-Avold. In dessen kleiner Buchhandlung begann für Charlotte ihr zweites Leben. Dort ging sie unbehelligt, fleißig und mit großer Neugier ihrer Arbeit zwischen Hunderten von Büchern nach. Jeden dritten oder vierten Abend nahm sie ein neues Buch mit in ihre Kammer. Sie hatte kein Interesse an Tanzabenden oder Sonntagsvergnügungen. Auch nicht, als das Land die Befreiung feierte. Sie wurde nicht begehrt und stillte ihre Begierde mit Wörtern und zwischen den Zeilen. Sie verschlang Jane Austen, lebte wochenlang an der Seite der Brontë-Schwestern, bewunderte und litt mit Effi Briest.

Einige Jahre später hielt sie erstmals Bücher von Tolstoi in Händen, lernte Natascha aus *Krieg und Frieden* kennen, Anna Karenina und die Maslowa. Es waren die Monate, in denen ein junger Mann aus Freyming Gefallen an der Bohnenstange und Brillenschlange fand. Ein Bergarbeiter, der

ihre Leselust teilte. Er brachte ihr neben Ostrows-
kis *Wie der Stahl gehärtet wurde* auch die Tolstoi-
Bände und zerfledderte Ausgaben von Turgenjew
und Gorki. Sie stritten sich über das Personal und
versöhnten sich, sie lasen sich seitenlange Passagen vor und saßen noch lange Minuten stumm
auf ihren Kinostühlen, als Eisensteins *Panzer-
kreuzer Potemkin* schon längst zu Ende war.

An diesem Abend im Arbeiterfilmclub der
Kommunistischen Partei nahm sie sich vor, von
nun an jeden Samstag das Lesen auszusetzen und
stattdessen mit Wladimir ins Kino zu gehen. In der
Woche darauf brach im Bergwerk ein Stollen ein.
Charlottes Liebster gehörte zu den dreizehn Toten,
die in den Tagen darauf geborgen wurden.

MONSIEUR CAMILLE, wie er von beiden alten Herrschaften genannt wurde, ließ abtragen und goss
Charlotte ein Glas *Sancerre* ein. Gustave ließ sich
ein zweites *Leffe* bringen.

1953 WAREN DIE KIRMESBOXER bis Charleroi, Namur
und Lüttich gekommen. Zwei Wochen waren sie
dort unterwegs gewesen. In einem Nest bei Tubize
hätte er an einem Abend beinahe gleich zwei

Niederlagen einstecken müssen. Die Hütten-werker, seit Wochen im Streik und ohne Lohn, hatten ihre ganze Wut in ihre Fäuste gepackt und auf ihn eingedroschen. Dem einen entkam er nur durch einen Leberhaken, dem anderen gewährte der Armenier ein Unentschieden nebst der Flasche Champagner.

Damals hatte Gustave zum ersten Mal belgisches Bier getrunken. Jetzt trank er sein Glas *Leffe* in einem Zug aus.

CHARLOTTE KNABBERTE an ihrer Maisstange. Sie hatte Monsieur Camille um Rat gefragt, da der nächste Tag nicht allzu viel Sonne mit sich bringen sollte. Der Oberkellner überlegte einen Moment und riet ihr zu einem Ausflug nach Trégastel oder zu einer Bootsfahrt zu den Sept Îles. Während der heißen Tage hatte Charlotte sich in den unterhalb des Hotels stehenden Pavillon zurückgezogen, gelesen und die mit den Wellen spielenden Vögel beobachtet. Selbst kurze Spaziergänge und ein Stadtbummel fielen ihr bei hohen Temperaturen und wolkenlosem Himmel schwer.

IHRE ATEMSCHWIERIGKEITEN machten ihr schon längere Zeit zu schaffen. Ihre Ärztin zuhause in Reims hatte sich bemüht, sie zu beruhigen. Im Alter falle das Atmen einfach schwerer, was kein Anlass zur Sorge sein müsse. Dass nicht das Kommende sie ängstigte, sondern sie vielmehr das längst Verlorene vermisste, hatte Charlotte der jungen Ärztin nicht gesagt.

Die langen Spaziergänge am Kanal und am Ufer der Marne, die Wandertouren in die Ardennen oder in den Hügeln der Champagne waren neben den Büchern für Jahrzehnte ihre zweite Leidenschaft geworden. An unzähligen Wochenenden und an den meisten Feiertagen von Ostern bis Allerheiligen hatte sie beide Leidenschaften zusammengepackt, war losgezogen, stets allein und im Rucksack immer ein dünnes Buch als Wegzehrung. Von Simone de Beauvoir und Doris Lessing bis Benoîte Groult, Susan Sonntag und zuletzt Christa Wolf und Annie Ernaux hatten damals viele Frauen sie begleitet. Mit fast siebzig Jahren hatte sich Charlotte bei Épernay den rechten Knöchel gebrochen und noch auf der Fahrt ins Krankenhaus beschlossen, dass diese Herbstwanderung in den Weinbergen ihre letzte sein sollte. Nun war sie achtzig geworden und freute sich auf die Anstrengungen des morgigen Tages.

CAMILLE UND DIE SEHR JUNGE SERVIERHILFE – bereits eine Schönheit, wie Charlotte dachte, während Gustave kurz aufblickte und ein hübsches Ding sah – trugen die Hauptgerichte auf. Nieren in Senfsauce, mit Kartoffelbrei und etwas Gemüse für den Herrn. Turbot auf einem Spinatbett, mit grünem Spargel und Kirschtomaten für die Dame. Charlotte bat um geschmolzene Salzbutter und ließ sich ihr zweites Glas *Sancerre* eingießen, Gustave bestellte ein drittes Bier und tunkte ein Stück Brot in die Sauce.

CHARLOTTES WANDERLUST war nur einmal für einige Wochen unterbrochen worden. Im Mai und Juni 1968 war sie mehrmals in Paris gewesen, um auf den Straßen rechts und links der Seine die mutigen Frauen zu bewundern. Sie sympathisierte mit ihren jungen Geschlechtsgenossinnen und mit den Frauen ihres Alters, die sich in die Reihen der Männer trauten. Sie sah die sechzigjährige Simone de Beauvoir, leibhaftig und energisch und freundlich, und sie besuchte ein überfülltes und vielstimmiges Treffen junger Schriftstellerinnen.

An einem Freitag, sie hatte den Nachmittagszug nach Paris genommen, war sie dann in der Nähe der Place de la Bastille mit einem Mann zusammengestoßen. Er hatte ihr im Weg gestanden, einen schweren Seesack auf der Schulter, eher klein aber von kräftiger Statur. Der Rotschopf machte einen unschlüssigen Eindruck, schaute abwechselnd um sich und auf seine Uhr. Er haderte mit dem Gedränge und schimpfte. Immer mehr junge Leute kamen hier zusammen und formierten sich zu einem Demonstrationszug. Auf der anderen Seite des Platzes waren ebenso viele behelmte Polizisten der *CRS* zu sehen, Schlagstock in der rechten, Schutzschild in der linken Hand.

Der Mann mit dem unförmigen Gepäck und der krummen Nase entschuldigte sich bei Charlotte. Der Rempler sei keine Absicht gewesen, und erneut schimpfte er mit lauter Stimme, diesmal über das Pariser Chaos. Die, wie er fand, außergewöhnlich große Frau rieb sich die Schulter, sagte aber, ein Zusammenstoß sei in diesem Gedränge wohl kein Wunder. Ihre freundlichen und wissbegierigen Augen, ihr Haarschopf und ihre ruhige

Stimme nahmen ihn für sie ein. Er fasste all seinen Mut zusammen und fragte sie nach ihrem Namen und nach dem kürzesten Weg zum Gare de Lyon. Er müsse – leider – unbedingt den Sechsuhrzug nach Belfort erreichen. Sie zeigte in Richtung Rue de Charenton. Wenn er sich beeile, könne er es in fünfzehn Minuten schaffen. Gustave, so stand es in ungelenker Schrift auf einem Holzstück, das am Gurt seines Seesacks befestigt war, dankte Charlotte und drängte durch eine Gruppe Studenten. Am liebsten hätte er ihnen Schläge angedroht. Er erreichte den Bahnsteig, als der Zugschaffner pfiff. Zum Glück dauerte es dann doch noch zwei Minuten, bis sich der Schnellzug in Bewegung setzte.

CHARLOTTE TRANK IN KLEINEN SCHLUCKEN. Sie genoss den unverkennbaren Duft des Loire-Weins. Über dem Meer machte sich die Sonne langsam auf den Weg. Der kurze Streifen Sandstrand war jetzt menschenleer, bis auf einen jungen dunkelhäutigen Mann, der große hellblaue Mülltüten einsammelte und an der Straße zusammenstellte. Charlotte bewunderte die Leichtigkeit, ja Eleganz seiner Bewegungen. Gustave begutachtete, soweit das aus dieser Entfernung überhaupt möglich war, einzelne Muskelpartien der kräftigen Statur des Afrikaners. Möwen schrien, Wind kam auf.

GUSTAVE HATTE VIELE AFFÄREN GEHABT. Als Kirmesboxer wurde man bewundert, war begehrt, bekam genug Gelegenheiten und zog nach einigen Tagen weiter. In den Städten und auf dem Land flogen dem Fünfundzwanzigjährigen und auch noch dem Fünfunddreißigjährigen die Mädchen zu. Sie wollten, er wollte. Es kam selten vor, dass man den Spaziergang in ein nahes Wäldchen, an das Ufer eines kleinen Flusses oder in eine abgelegene Scheune umsonst machte. Ebenso selten musste man auf die jungen Frauen lange einreden oder sich mit dem Griff unter den Rock und nackten Brüsten zufriedengeben. War die Auserwählte oder Auswählende etwas älter, vielleicht sogar schon vergeben und verheiratet, war das Vergnügen riskanter. Aber auch kürzer, und meistens befriedigender. Volles Risiko, voller Erfolg. Er hatte keine Verheiratete kennengelernt, die nach dem ersten Ja reumütig gezögert oder nach dem kurzen Vergnügen länger liegengeblieben wäre. Im Gegensatz

zu den Mädchen faselten sie nicht vom Sternen-
himmel und von Liebe und Fernweh.

Gustave, das Bahnwärterkind aus dem Jura,
hatte so viel erlebt, wie es in den Weilern und
Städtchen seiner Heimat niemals möglich gewesen
wäre. Und er war unversehrt geblieben. Weil er
eine eiserne Regel eingehalten hatte: Du kannst es
mit einer Bauerntochter oder einer kleinen Verkäuferin, einer Fabrikarbeiterin oder einer Tippse
aus der Stadt, ja sogar mit der Frau des Bürgermeisters im Heu oder Federbett treiben, aber nie
und niemals mit einer Frau aus der Kirmestruppe.
Alle Frauen und Mädchen der umherziehenden
Schausteller, Budenbetreiber und Marktschreier
standen unter deren Schutz und damit unter dem
Schutz aller. Mit zweiundzwanzig Jahren hatte
Gustave die durchgeschnittenen Oberarmmuskeln
eines jungen Akrobaten gesehen, der den dunklen
Augen und pechschwarzen Haaren einer Los-
verkäuferin erlegen war. Gustave schwor sich
damals, allen zum fahrenden Volk gehörenden
Schönheiten die kalte Schulter zu zeigen. Seine
Fäuste sollten nicht unter zwei Hammerschlägen
zu Brei werden.

In den neunziger Jahren war Charlotte viel gereist. Sie bezog eine ausreichende Rente und hatte von einer ihrer boshaften Tanten fünfzigtausend Francs geerbt. Diese nutzte sie, um das grüne England, die Provence, Venedig, ja sogar Berlin und Moskau zu besuchen. Oran und Marrakesch würde sie wohl wie Québec und New Orleans bis an ihr Lebensende nicht mehr schaffen. Beirut, Damaskus und Kairo waren mittlerweile aus anderen Gründen völlig von der Landkarte der Achtzigjährigen verschwunden. Die Normandie und die Bretagne waren ihre bevorzugten Ferienziele geworden, im Frühjahr auch ab und an die Côte d'Azur. Sie wählte Badeorte, die mit dem Zug, notfalls mit einem direkten Anschluss per Bus erreichbar waren. Diesmal also Perros-Guirec. Sie blieb meistens eine oder zwei Wochen. Neben dem Lesen – Charlotte stöberte in jedem Urlaubsort als erstes in einem Buchladen – besuchte sie Ausstellungen, das Atelier einer Malerin oder eines Bildhauers, leider immer seltener ein Kammer- oder Jazz-Konzert. Feste und Feuerwerk, Musikumzüge und die in bekannten Ferienorten auftretenden alten Schlagerstars hatten sie noch nie interessiert.

Gustave hatte vor vierzig Jahren nicht nur den Zug erreicht, sondern am nächsten Tag auch die Zusage für eine Arbeit im Hinterzimmer des Postamts in Baumes-les-Dames bekommen. Er sortierte morgens ab sechs Uhr die eingegangenen Briefe für fünf Zustellbezirke. Nach seiner Mittagspause stempelte er in der einen Woche die Briefe ab, die im Departement Doubs bleiben oder die in eines der benachbarten Departments zwischen Belfort, Dijon und Lyon gehen sollten. In der folgenden Woche war er für die wenige Auslandspost und die vielen Briefe für den Raum Paris zuständig. Mitte der siebziger Jahre wurde der ehemalige Kirmesboxer, der mittlerweile seine Muskelkraft und seinen roten Schopf verloren hatte, hochgestuft. Er übernahm für zehn Jahre den Dienst am Schalter. 1990 ging Gustave in den Ruhestand, hielt aber bis heute Kontakt zu ehemaligen Kollegen. Die Jüngeren kannte er nicht, er kam selten aufs Postamt. Es war eine ehemalige Kollegin, die ihm, da sie selbst kurzfristig verhindert war, das *Castel du Sphinx* empfohlen hatte. Genauer gesagt, sie hatte ihre Buchung zum Sonderpreis an ihn weitergegeben. So sparte er alles in allem einige hundert Euro.

DER FISCH WAR WIE IMMER hervorragend gewesen. Charlotte bat die junge Frau, ihr Lob in die Küche weiterzugeben. Gustave nickte, als die Servierhilfe die obligate Frage stellte, ob das Gericht in Ordnung gewesen sei. Als Dessert wählte er eine *Tarte aux Pommes*, dazu einen Calvados. Charlotte zögerte einen Moment, entschied sich dann aber doch für das Sorbet mit grünem Pfeffer. Ihren Kaffee würde sie erst danach nehmen. Das Restaurant leerte sich allmählich. In einer halben Stunde würde die Sonne am Horizont binnen Sekunden im Meer versinken. Charlotte hatte bisher jeden Abend dieses grandiose Naturschauspiel genossen. Gustave wusste nur, dass die Sonne morgens aufging und irgendwann abends verschwand.

Gustave nahm sich vor, seiner Kollegin, deren Hotelzimmer er übernommen hatte, morgen eine Karte zu schreiben. Er freute sich schon jetzt auf die *Belote*-Runden in seinem Stammlokal unten am Doubs. Der Wirtin würde er die für die hiesige Gegend typischen, mit Salzbutter verfeinerten Karamellbonbons mitbringen. Das würde sie für den allwöchentlichen Klaps auf den Hintern entschädigen. Das waren jetzt seine Vergnügungen. Kirmesboxer gab es keine mehr, genau so wenig wie Steilwandfahrer, die bei den Mädchen die einzigen ernsthaften Konkurrenten gewesen waren.

Charlotte wollte an der Rezeption fragen, ob sie ihren Aufenthalt einige Tage würde verlängern können. Sie hatte von einer Fotoausstellung in Tréguier erfahren und wollte noch die Lesung einer Krimiautorin besuchen. Für ihre Concierge musste sie, das war nicht weniger als ein Auftrag, unbedingt ein Tütchen Karamellbonbons besorgen.

AUF DEN STUFEN HINAB in das enge Foyer des alten Hotels stießen der ältere Herr und die großgewachsene Dame beinahe zusammen. Sie entschuldigten sich gegenseitig und antworteten wie aus einem Mund, dazu gebe es keinen Anlass. Für einen kurzen Moment schauten sie sich an, traten einen Schritt zurück als trauten sie ihren Augen nicht und taxierten ihr Gegenüber etwas genauer. Sie schienen zu überlegen und in verschütteten Erinnerungen zu graben. Für wenige Sekunden.

Camille, der Oberkellner, der an der Rezeption lehnte, ging auf die beiden Hotelgäste zu und sprach sie mit Mademoiselle Charlotte und Mon-

sieur Gustave an. Er habe sich in der Küche er-
kundigt, in welcher Confiserie die besten Süßigkeiten der Stadt zu bekommen waren. Die beiden
Herrschaften schreckten auf. Mit Verzögerung war
der Funken übergesprungen. Es knisterte. Beide
erkannten in diesem Moment, was lange verborgen
geblieben war.

Haus Nummer fünf

Karl Rüdele gewidmet

25. JUNI 1975. Vor vierzig Jahren hatte er zum ersten Mal das kleine Haus betreten – und zum letzten Mal.

Als er damals, an einem außergewöhnlich sonnigen Junitag, auf das Granithaus am Rand des Platzes zugegangen war, war er aufgeregt, voller unbestimmter Erwartungen gewesen.

Die drei steinernen Stufen zur Tür, die Elodie hatte offen stehen lassen, nahm er in einem Schritt. Das kühle Innere hatte er sofort als wohltuend empfunden, an die Dunkelheit hatte er sich erst gewöhnen müssen. Er hatte zaghaft und viel zu leise ihren Namen gerufen. Die Tür zur Küche hatte offen gestanden, die gegenüberliegende, hinter der sich ein kleiner Salon mit offenem Kamin verbarg, wie er später feststellen sollte, war geschlossen. Eine Holztreppe führte in das obere Stockwerk. Ging man an der Treppe vorbei, erreichte man den Durchgang zum Gemüsegarten. Er hatte unschlüssig am Fuß der Treppe gestanden, nochmals ihren Namen gerufen, diesmal etwas lauter. Keine Antwort. Irgendwo im Haus hatte dann eine Uhr in dunklen Tönen die dritte Stunde nach Mittag geschlagen. Er hatte all seinen Mut zusammengenommen und war leise und zögerlich die Treppe hinaufgegangen.

ENDE APRIL 2015. Er stand vor dem Haus und fragte sich nicht zum ersten Mal, ob Elodie ihn sofort wiedererkennen würde.

Die grünen Fensterläden könnten einen neuen Anstrich vertragen, dachte er und stellte gleichzeitig fest, dass er sich nicht mehr daran erinnerte, ob die üppigen Hortensienbüsche und die rankenden Rosen schon damals die Vorderseite des Hauses geschmückt hatten. Dagegen hatte die schmale Bank bestimmt nicht dort gestanden.

Rund um den Platz hatte sich einiges verändert. Das hatte er gleich festgestellt. Der zweite Bäckerladen beherbergte jetzt einen Friseur, das *Office de Tourisme* war in die frühere Schmiede eingezogen.

Das Postamt war verwaist, die Fensterfront blick-dicht getüncht. Das war ihm aufgefallen. Die Crêperie *Ty Gouar'ch*, das Café-Restaurant *Chez Jacky* und den kleinen Souvenirladen, der auch Zigaretten und Zeitungen verkaufte, gab es noch, auch wenn bestimmt überall die Pächter ge-wechselt hatten. Vor der Kirche waren Park-buchten angelegt worden. Ein großer Bildschirm, modernste Technik, die in dieser Umgebung irri-tierte, informierte über den nächsten *Vide-Grenier*-Termin und forderte zum Blutspenden auf.

Er setzte sich, eingepackt in seinen wärmenden Pull' Marin und eine Wollmütze, vor dem Café in die Aprilsonne. Er nahm einen frühen *Ricard*.

15. MAI 1975. Im Mai, genauer gesagt: am 15. Mai hatte er sie zum ersten Mal gesehen. Vor vier Jahrzehnten. Hier, vor dem Café.

Er hatte mit Jacky, dem Wirt, ein paar Worte über das Wetter, die austrudelnde Fußballsaison und die Artischockenernte gewechselt, als sie – am Arm eines Mannes – die Gasse vom Friedhof hinab-gekommen war. Jacky war gerade wieder im Gastraum verschwunden, das Paar war etwas un-schlüssig vor dem Café stehen geblieben und hatte dann doch entschieden, sich an einen in der Sonne liegenden Tisch am anderen Ende der Veranda zu setzen. Später sollte Elodie ihm gestehen, und er war wirklich überrascht gewesen, dass auch sie ihn bereits an diesem Tag Mitte Mai wahrgenommen hatte. Ihr dunkelgraues Kleid, knielang und schlicht, brachte ihre Figur zur Geltung. Die Rundungen waren um die Hüften eher üppig. Ihr Dekolletee zeigte pralle Brüste, als sie ihre dünne Stola ablegte. Kräftige Schultern und ein demgegenüber überraschend schmaler Hals. Ein allem zugewandter Blick aus grünen Augen, ein breiter Mund und eine Stupsnase charakterisierten ihr Gesicht. Die kastanienbraunen Haare trug sie hochgesteckt. Ihr Begleiter trug einen schon recht sommerlichen Anzug, darunter ein schlamm-grünes *Lacoste*-Hemd. Ein schöner Mann, bestimmt zehn Jahre älter als sie. Er schätzte ihn auf vierzig oder gar fünfundvierzig. Schwarzhaarig, gut frisiert, gesunde Bräune, kein Schnauzer, sportliche Figur, randlose Brille, offensichtlich teure Schuhe.

Jacky hatte, als er seine interessierten Blicke zum Tisch des Paares wahrnahm, ihn nach und nach mit Informationen versorgt. Die Frau heiße

Elodie und sei hier aufgewachsen, sagte Jacky, als er das zweite Glas Weißwein servierte. Zehn Minuten später garnierte er seine Empfehlung, diesmal die Artischocken in der Variante mit Muschelfleisch und Makrelenstückchen zu probieren, mit dem Hinweis, die Mutter der Frau sei vor einigen Monaten beerdigt worden. Die Tochter habe jetzt wohl zum ersten Mal das Grab besucht.

Die *Artichauts du Marin* schmeckten köstlich. Er hatte vor seinem ersten Besuch des Dorfes noch nie solch große Artischocken gegessen und von so zahlreichen Varianten auf einer Speisekarte gelesen. Er genoss die Mahlzeit, trank ein drittes Glas Wein und wischte seine Finger, nachdem er die allerletzten Blätter abgezupft und ausgelutscht hatte, mit seinem Taschentuch ab.

Jacky räumte die Reste vom Tisch und nickte in Richtung des Platzes. Das Haus Nummer fünf, das mit dem *Triskel* über der Eingangstür, sei das Haus, das die Tochter wohl erbe. Geschwister habe sie keine.

25. JUNI 1975. Das dunkelbraune Holz der Treppe glänzte. Der Handlauf wies kleine Verzierungen auf. Die Pfosten am unteren und oberen Ende

schmückten stilisierte Kiefernzapfen. Er ging direkt auf ein Ölgemälde zu, das eine sitzende Frau mittleren Alters zeigte, im schlichten Sonntagsstaat der Frauen der Gegend. Im Hintergrund hatte der Maler einen Kaminsims und ein weiteres Gemälde angedeutet. Wellen, die sich an Felsen brechen. Man glaubte, die Gischt und das Brüllen des Meeres zu hören. Er trat an das Gemälde heran. Die Frau hatte Ähnlichkeit mit Elodie. Es lag nahe, dass es sich um ihre Mutter handelte. Den wohlgeformten Busen hatte sie wie andere Rundungen ihrer Tochter mitgegeben, auch den neugierigen Blick und die Nase. Elodies Mutter war ebenfalls eine schöne Frau gewesen.

Sein suchender Blick fiel auf zwei Türen, beide geschlossen. Zwischen diesen stand eine alte Nähmaschine, eine *Singer*. Auf der hölzernen Abdeckung war die Jahreszahl 1934 eingraviert, umrahmt von einem Lorbeerkranz. Er rief wieder Elodies Namen, wieder ein flüsterndes Rufen. Er schaute auf seine Armbanduhr. Er überlegte, an welche der beiden Türen er zuerst klopfen sollte. Ein Glückspiel, eine Wette mit sich selbst, ein Spaß. Er hatte sich gerade für die rechte Tür entschieden, als er Elodie roch. Nein, er roch nicht sie, sondern hatte ihren Duft in der Nase. Diese eigenartige Mischung aus Kräutern des Südens und geöltem Holz lag plötzlich in der Luft. Ein Duft, der seine Begierde geweckt hatte.

25. MAI 1975. Vier Wochen zuvor hatte ihn dieser Duft so sehr betört, dass er sich in Elodies Halsgrube, in ihrem Nackenhaar und oberhalb ihres Schlüsselbeins vergraben wollte. Sie hatte an diesem Abend, zehn Tage nachdem sie sich erstmals begegnet waren, gelacht, schallend gelacht. So laut und aufreizend, dass für einen Moment das Trio auf der Bühne und die Tanzpaare im Saal innezuhalten schienen. Sie hatte ihn dann ein letztes Mal ausgelacht, umarmt und ihm den ersten Kuss auf die Lippen gedrückt.

Das *Fest Noz* war dann weiter gegangen als sei nichts Besonderes geschehen. Sie tanzten und tanzten bis kurz vor Mitternacht, hatten zwischendurch noch *Moules frites* und jeder ein Stück *Tarte aux Pommes* zu sich genommen und zusammen eine Flasche *Cidre Brut* geleert. Das Feuerwerk verfolgten sie von der Anhöhe jenseits des kleinen Flusses aus. Eng umschlungen bestaunten sie die zischenden und krachenden Feuerwerkskörper, die am schwarzblauen Himmel Fontänen und Sterne und Palmen hinterließen. Sie sprachen nicht viel, auch nicht auf dem Nachhauseweg. Wäre Tag gewesen, wären sie sicherlich mehrmals stehen geblieben, hätten sich öfter in die Augen geschaut und ihr unfassbares Glück im Gesicht des anderen wiedergefunden. So aber erreichten sie Arm in Arm und die Köpfe manchmal vorsichtig aneinanderstoßend schon nach zehn Minuten das Kriegerdenkmal vor der *Mairie* und schließlich den kleinen Platz. Vor dem Haus mit der Nummer fünf küsste Elodie ihren Begleiter nochmals auf den Mund. Sie zwang sich, nicht ihre Lippen zu öffnen. Mit dem Zeremoniell der Wangenküsse verabschiedeten sich die beiden voneinander.

Elodie schloss hinter sich die alte Holztür, während ihr neuer Geliebter in Gedanken versunken die steile Straße hinauf zu seinem Quartier nahm.

ENDE APRIL 2015. Bernard, Jackys Sohn und nach dem Willen seines Vaters im Jahr des zweiten *Tour-de-France*-Sieges von Bernard Thévenet so getauft, hatte keinerlei Ähnlichkeit mit dem ehemaligen Wirt. Dieser war von kräftiger Statur, zupackend und redselig gewesen. Dunkelbraune Locken, die

die großen Ohren verdeckten, und ein markanter Schnauzbart zierten seinen Kopf. Bernard hatte schmutzig-blondes Haar wie seine ebenfalls früh verstorbene Mutter und hatte dieses zu einem erbärmlichen Pferdeschwänzchen zusammengebunden. Er war schmächtig, wenn nicht sogar dünn. Und er schien keinen Wert auf die Unterhaltung mit Gästen zu legen. Nur mit seinen schon morgens um elf Uhr die Theke für die nächsten Stunden besetzenden Kumpanen wechselte er mehr als drei Worte.

Die Artischockengerichte waren schon vor Jahren von der Speisekarte verschwunden. Es schien sowieso – außer in Plastikhüllen verschweißten Sandwiches, Erdnüssen und Salzgebäck – nichts Essbares mehr angeboten zu werden. Wenigstens die Regionalzeitung lag in zwei verschiedenen Lokalausgaben noch auf der Theke oder auf irgendeinem Tisch.

Bernards Aushilfe brachte den zweiten *Ricard*. Er blätterte durch die Zeitung, blieb beim Dauerthema *Algues Vertes* hängen, bevor er sich den Sportseiten widmete. Ab und zu schaute er verstohlen hinüber zur Hausnummer fünf, wo sich auch hinter den Fenstern nichts zu tun schien.

Nicht dass er die Idee, nach so vielen Jahren auf gut Glück das Dorf, den Platz und Elodie zu besuchen, schon bereute. Nein, ihm war so, als würde ihm erst jetzt, leicht benebelt vom zweiten Glas, klar, dass vier Jahrzehnte, eine Ewigkeit, aber tausend Ereignisse, Erlebnisse, Erinnerungen, ja zwei ganze Leben zwischen dem Gestern und dem Heute lagen. Wahrscheinlich war, dass all das, was zwischen damals und jetzt lag, gelegen hatte und unveränderbar liegen würde, sie beide trennte, zwangsläufig trennen musste. Was wollte er hier? Jetzt? Vierzig Jahre danach. Ohne Ankündigung. Warum war er nicht schon vor zehn Jahren hier aufgetaucht, warum nicht vor zwanzig, warum nicht vor dreißig? Warum hatte er damals das kleine Granithaus ohne Gruß und fluchtartig verlassen und war nicht am nächsten Tag oder eine Woche später nochmals über die drei Stufen ins Haus gegangen?

30. Mai 1975. Wenige Tage nach dem Feuerwerk hatten sich die beiden zufällig auf dem Markt in der nahen Kreisstadt getroffen. Sie begrüßten sich mit Wangenküssen, keineswegs überschwänglich oder so, also wünschten sie innigere Küsse. Sie

entschuldigten sich gegenseitig, nicht von sich hören gelassen zu haben. Er hatte jeden Tag bis in den Abend in Morlaix zu tun gehabt. Sie verhandelte mit Behörden, Maklern, Handwerkern und ihrer Sparkasse. Der Verkauf oder die Vermietung des Hauses ihrer Mutter waren nicht weniger eine Option als die zeitweise oder dauerhafte Nutzung durch sie selbst. In jedem Fall mussten Arbeiten vorgenommen werden. Die Sanitäranlagen und die Elektrik entsprachen nicht den neuen Standards. Er bot ihr an, sie wo nötig zu unterstützen.

Sie schlug vor, sich am Wochenende auf der Geburtstagsfeier einer Freundin zu treffen. Im Dorf. Er brauche keine Scheu zu haben, jeder eingeladene Gast, ob Frau oder Mann, könne eine zweite Person als Begleitung mitbringen. Er sei sozusagen ihr *Joker*. Er sagte sofort zu. Man verabredete sich für den kommenden Samstag, achtzehn Uhr, vor Haus Nummer fünf.

ENDE APRIL 2015. Er war auf Bier umgestiegen und hatte sich eine Schale Erdnüsse bringen lassen. Der Druck auf seine rechte Hüfte ließ nicht nach. Beschwerden, die ihm Sorge bereiteten. Auch seine

Fingergelenke schmerzten mehr als die Tage zuvor. Die Sonne war angenehm, doch mehr als 16 Grad konnten selbst an schönen Tagen wie diesem nur für eine oder zwei Stunden gemessen werden. Erst für Anfang Mai wurden dauerhaftere Temperaturen über 20 Grad vorausgesagt.

Nicht nur die Zeit, nahezu genau als vierzig Jahre zu messen, war vergangen. Die Zeit hatte bei ihm selbst, und zweifelsohne auch bei ihr, Spuren hinterlassen. Tiefe Spuren, da gab es kein Vertun. Er würde heute nicht mehr so ausgelassen tanzen können wie damals auf dem *Fest noz* und der Geburtstagsfeier in der Mühle. Zwei solche Abende direkt hintereinander würde er sowieso nicht mehr schaffen. Auch die tagelange nervöse Angespanntheit, das sich durch Nächte und Tage ziehende Warten auf eine Nachricht, der sich tief in die Eingeweide bohrende Zweifel, die Angst um den Verlust einer Liebe, die noch nicht ausgesprochen und noch keine gemeinsame war – auch das gehörte der Vergangenheit an. Auch das würde heute in seinem Leben keinen Platz mehr finden. Manches bedauerlicherweise, anderes zum Glück.

Bernard brachte ihm wortlos ein weiteres *Morgane blonde.*

2. JUNI 1975. Schon in den ersten Minuten der Geburtstagsfeier wurde Elodie von vielen Gästen nach dem Verbleib von Dominique gefragt. Es war nicht schwer zu erraten, dass damit nur der schöne Mann des ersten Tages, so nannte er jetzt den 15. Mai, gemeint sein konnte. Offenbar war Dominique Elodies gegenwärtiger Freund, Liebhaber, Partner, der den meisten ihrer Freundinnen und einigen Männern unter den Geburtstagsgästen gut bekannt war. Domi, wie ihn manche nannten, stammte aus dem Nachbardorf, war Sohn des Tierarztes und vor etlichen Jahren der Schwarm aller Mädchen im Umkreis von zehn Kilometern gewesen. Er hatte in Nantes studiert und arbeitete jetzt für eine große Werft in Saint Nazaire. Für diese war er seit zwei Jahren irgendwo in Westafrika unterwegs.

Elodie machte an diesem Abend keinen Hehl daraus, dass der sie begleitende Deutsche ihr derzeitiger Favorit war. Sie lehnte sich an, griff nach seiner Hand, küsste ihn lachend auf die Wange. Die beiden wirkten vertraut. Elodies einnehmendes Lachen und ihre strahlenden Augen vermittelten über den ganzen Abend den Eindruck, als sei der junge *boche* der Grund ihrer Ausgelassenheit und guten Laune. Sie amüsierten sich. Nachdem Elodie mit einem ehemaligen Schulkameraden über die derzeitigen Kreditkonditionen seiner Sparkasse gesprochen und einen Termin für die folgende Woche vereinbart hatte, brachen sie auf. Er war froh, so auch endlich der hemmungslosen Buhlerei der kleinen, vielleicht sechzehnjährigen Schwester des Geburtstagskindes zu entkommen.

Elodie und er verließen das Mühlenanwesen auf der rückwärtigen, dem Dorf abgewandten Seite. Sie folgten einige hundert Meter dem Fluß, überquerten diesen über eine alte stählerne Fußgängerbrücke und gelangten auf alten Schleichwegen aus Elodies Jugendzeit ins Dorf zurück. Unterwegs hatte Elodie ihrem *Joker* gestattet, sie zu küssen, richtig zu küssen. Er biss ihr ungestüm auf die Lippen. Er erschrak, doch Elodie tupfte sich das Blut mit einem Taschentuch ab, sagte, das sei nicht schlimm, und erlaubte ihm sogar, ihre Brüste zu streicheln. Er würde ein zärtlicher Liebhaber sein, trotz des Bisses. Das ahnte sie. Vor dem Haus mit der Nummer fünf hielt sie ihm die Wangen hin und wünschte ihm eine gute Nacht.

5. JUNI 1975. Elodie hatte sich – er erfuhr es von Jacky – schnell entschieden, das Haus zu behalten und nach dem Abschluss der nötigen Arbeiten als Feriendomizil zu nutzen. Ihre Mutter habe sich immer gegen den nicht auszuschließenden und für den Fall ihres Todes befürchteten Verkauf der Nummer fünf gewehrt. Sie selbst war hinter dessen Mauern geboren worden, wie auch ihre eigene Mutter und deren Mutter. Es waren seit fast zwei Jahrhunderten anscheinend immer die Frauen gewesen, die das Haus in ihre Ehen eingebracht und einer ihrer Töchter vererbt hatten. Eine Eigentümlichkeit, die niemand erklären konnte. Elodie war die erste in dieser Reihe, die weder Bruder noch Schwester hatte, folglich automatisch das Erbe antrat. Über Elodies Mutter wusste Jacky nur wenig Konkretes zu erzählen. Für ihn war sie schon immer eine alte Frau, Witwe und eben Mutter eines bildschönen Mädchens gewesen.

Jacky fügte hinzu, Elodie sei ihrer Mutter wie aus dem Gesicht geschnitten. Näheres über die Familie, den sehr früh verstorbenen Vater und dessen Herkunft, die finanziellen Verhältnisse und so weiter wisse er nicht, sagte Jacky und beendete damit den Wortwechsel mit seinem neugierigen deutschen Gast. Na ja, Elodie lebe schon seit über zehn Jahren in Paris, sei seitdem selten im Dorf gesehen worden und erzähle auch jetzt wenig von ihrem dortigen Leben. Da wisse er mittlerweile wahrscheinlich mehr, sagte der Wirt und zwinkerte seinem Gast zu.

25. JUNI 1975. Ein bescheiden ausgestattetes Zimmer, wohl das Schlafzimmer der Mutter. Ein großes Bett, zwei Nachttische. Auf einem weiteren kleinen Tisch standen eine Waschschüssel und ein großer Krug, mit bukolischen Landschaftsmotiven bemaltes Porzellan. Ein mächtiger, mit feinen Schnitzereien reichlich verzierter Schrank dominierte den Raum. Das Mobiliar war unterschiedslos in Schwarz gehalten. Sollte er das Fenster ein wenig öffnen?

Es reizte ihn, die Schubladen der Nachtschränkchen und den Kleider- und Wäscheschrank zu öffnen. Doch er schreckte zurück. Das Miauen einer Katze lenkte ihn ab. Das Tier war nirgendwo zu sehen. Er schloss die Tür ganz leise.

Welch ein Unsinn, dachte er sofort. Das Haus war leer. Offenbar war Elodie für einige Minuten weggegangen. Sie wird dafür einen Grund haben. Sie hatte die Eingangstür absichtlich offen stehen lassen und würde sicherlich gleich zurück sein. Sich entschuldigen, sich erklären. Er klopfte trotzdem vorsichtig an der zweiten Tür. Keine Reaktion. Ein zweites Mal, ein drittes Mal.

Er drückte die Klinke ganz langsam nach unten. Auch dieses Zimmer war unverschlossen. Durch den Spalt war außer dem Kopfende eines Bettes nichts zu sehen. Er rief wieder flüsternd ihren Namen. Er stieß die Tür auf und stand in Elodies Zimmer. Ihrem alten Zimmer, ihrem, wie man so sagte, Mädchenzimmer, das sie auch jetzt nutzte. Die Größe war mit der des Zimmers der Mutter identisch, die Anordnung von Bett, Nachttisch (einem!) und großem Schrank ebenfalls. Anstelle des Tischs mit Waschgarnitur stand hier ein einfacher Schreibtisch, auf dem einige Bücher und ein aufgeschlagener Schreibblock lagen, dazu eine Hand voll Bleistifte, ein Füllfederhalter und ein Brillenetui. Die Leselampe brannte noch. Ein Konzertplakat mit Johnny Hallyday an der Wand. Statt des zweiten Nachttischs stand, etwas abseits vom

Bett, eine Kommode. Auf dieser stand ein runder Schminkspiegel. Daneben waren eine Halskette und zwei schlichte silberne Ringe abgelegt.

In einer Schale lagen Kräuter der Provence und ein glänzendes Stück Holz. Er beugte sich über die irdene Schale und sog den betörenden Duft Elodies ein. Der Duft provozierte Bilder. Er sah ihre Rückenpartie, mollige Hüften, Babyspeck rund um den Nabel, feste Pobacken und Schenkel, ein einladendes Dreieck. Der Duft wurde immer intensiver, und er inhalierte so ausgiebig, dass ihm der Atem stockte. Er musste sich abrupt aufrichten, um kräftig Luft zu holen. Die Bilder, Fantasien aus einsamen schlaflosen Nächten, ließen sich nicht mehr zurückholen.

10. Juni 1975. Elodie war zwei Tage in Paris gewesen. Dort hatte sie, wie sie sagte, im Büro einige wichtige Terminsachen erledigt und einen Packen unaufschiebbare Arbeit mit zurück in die Bretagne gebracht. Sie würde sicherlich noch die nächsten zwei oder drei Wochen hier sein, um die Angelegenheiten rund um das Haus in Gang zu bringen. Zwischendurch müsse sie bestimmt nochmals nach Paris, aber das sei nicht der Rede wert. Ein

Tag hin, ein Tag zurück. Wenn Jacky sie morgens sehr früh zum Bahnhof in Morlaix oder Lannion kutschieren könne, wäre das perfekt. Jacky nickte und ließ ein brummelndes *Pas de problème* hören. Auf Jacky konnte man sich verlassen. Doch warum hatte Elodie nicht ihn gefragt, wo er ihr doch schon mehrmals angeboten hatte, Erledigungen zu übernehmen und sie beispielsweise nach Morlaix zu fahren.

Er stellte die Frage nicht, sondern bestellte ein zweites Bier und ließ sich von Elodie überreden, endlich eine Portion *Andouille* mit Kartoffelbrei und etwas Gemüse zu probieren. Er hatte die übelriechende regionale Wurstspezialität bislang nie angerührt. Jacky nahm die Bestellung entgegen und verschwand in der Küche, nachdem er strahlend vor Glück mitgeteilt hatte, seine Frau sei endlich schwanger. Elodie beantwortete die Neuigkeit mit einem lauten herzlichen *Bravo!* Sie beugte sich etwas zurück und fuhr mit ihrem nackten Fuß, ihre Schuhe hatte sie abgestreift, sein Hosenbein hoch. Sie spürte seine leichte Erregung und seine starke Verunsicherung. Sie lächelte ihm wissend zu und setzte sich wieder aufrecht auf ihren Stuhl. Sie bot ihm die auf dem Tisch liegende Hand, die

Handflächen nach oben. Als könne er dort eine Perle finden oder ablegen. Als sei er ein frecher Spatz, der keine Scheu zu haben brauche, Krümelreste vom Teller zu klauben.

Als er nach der Hand greifen und sie küssen wollte, brachte Jacky die zwei dampfenden, unverwechselbar riechenden Portionen *Andouille à la maison* an ihren Tisch. Er wünschte einen guten Appetit und schaute dabei den jungen Deutschen grinsend an. *Bon courage, Monsieur!*

ENDE APRIL 2015. Nicht nur die Hüfte, seine Finger und die Gedärme machten ihm Probleme. Er bemerkte immer öfter, dass schon nach wenigen Gläsern Bier sein Sprechen undeutlicher wurde, die Augen nachließen und, wenn härtere Getränke dazukamen, sich fürchterliche Kopfschmerzen ankündigten. Und, das war seit einigen Wochen dann doch neu, seine Haut juckte, vor allem die Arme und Unterschenkel. Er wusste: Auf diese kleinen Wehwehchen, Alterserscheinungen oder Vorboten ernsthafter Krankheiten, die daheim an jedem Stammtisch einen Großteil der Gespräche ausmachten, konnte er jetzt keine Rücksicht nehmen und keinen Gedanken verschwenden.

Er würde zahlen, seinen Stock nehmen, den Platz überqueren, das Haus betreten und Elodie überraschen. Sie würde staunen, sicherlich ungläubig dreinschauen, sich dann aber doch freuen, bestimmt lachen und ihn umarmen. Dessen war er sich sicher, musste er sich sicher sein. Er würde sie nach alter Sitte küssen, ihren Duft suchen und diesen genießen. Man ist so jung wie man sich fühlt. Man fühlt sich älter als man sein möchte. Bergtouren, Radwandern und das ehemals wöchentliche Schwimmen waren von Jahr zu Jahr seltener geworden. Wasser- und Bierkästen aus dem Getränkemarkt und ein mit kleinen Gartenarbeiten verbrachter Tag waren mühsam geworden. Die Tage, an denen ihm der Hausschlüssel nicht plötzlich aus der Hand fiel, und sich das Schlüpfen in Strümpfe und Schuhe so nebenbei erledigen ließ, konnte er an einer Hand abzählen. Stopp! möchte man dem körperlichen Verschleiß und Verfall zurufen. Auch den wirren Gedanken, den trüben sowieso. Er hatte ein seltsames Verlangen entwickelt. Nicht Vergangenes nochmals und anders zu erleben, nein, vor vielen Jahren Geschehenes neu zu bewerten und erinnern zu können, war ein starkes Bedürfnis, das nicht zu befriedigen war.

Er setzte sich wieder. Bernard, dieses späte Kind einer unglücklichen Ehe, brachte ihm noch ein *Morgane.* Das wievielte? Er hatte die Gläser nicht gezählt. In seinem Darm rumorte es wieder. Er würde die Toilette aufsuchen müssen. Er nahm einen kräftigen Schluck. Im Fernsehen wurde ein Pferderennen übertragen. An der Theke verkaufte Bernard Lotterielose an einen seiner betrunkenen Kumpane. Jetzt musste er aber wirklich aufs Klo. Auf dem Tisch im Gang lagen unzählige Flyer und Prospekte. Als gäbe es das Tourismusbüro nicht.

15. Juni 1975. Elodie war sich sicher: Ihr kleiner *Allemand* würde weinen vor Glück. So waren sie, die Jungs, die kleinen. Sie träumten, sehnten sich, hatten seltsame Vorstellungen, wirre Erwartungen und wussten nicht, was auf sie zukam. Sie glaubten bis zur letzten Sekunde, sie hätten das Heft in der Hand, sie kämen als Verführer an ihr Ziel, von ihnen hinge es ab, den letzten Schritt zu tun, oder dafür zu sorgen, dass dieser Schritt gemeinsam gegangen wurde.

Am Dienstag würde sie nochmals nach Paris fahren. Sie würde ihm nicht erlauben, sie zu begleiten. Nach Morlaix durfte er sie gern bringen. Das würde ihn freuen, unbändig freuen und stolz machen. Dominique hatte damals sein Glück gefunden, als sie sich bereit erklärte, sich von ihm auf dem Fahrrad an den Strand bringen zu lassen. Sie würde ihrem fernen Freund endlich die Neuigkeiten des letzten Monats mitteilen müssen. Dass sie das Haus behalten würde, Jacky Vater wurde, viele Freunde auf Jocelynes Geburtstagsfeier nach ihm gefragt hatten und der deutsche Jüngling, der vor einem Monat – er erinnere sich doch, oder? – auch bei Jacky auf der Veranda gesessen habe, abgöttisch in sie verliebt sei.

Sie würde einen Brief schreiben. Die Telefonverbindung war schlecht, Telefongespräche waren teuer, und was gesagt war, war gesagt. Briefe ließen sich korrigieren, zerknüllen und neu schreiben. Ob ihr Brief jemals ankommen würde, war sowieso nicht sicher. Zu viele waren schon verloren gegangen oder erst nach mehreren Wochen angekommen.

Plötzlich dachte sie zum ersten Mal daran, in zwanzig oder dreißig Jahren endgültig in ihr Heimatdorf zurückzukehren. Ins Haus mit der Nummer fünf. Ihr Gedanke überraschte sie. Sie fühlte sich überrumpelt. Von sich selbst, was die Angelegenheit keineswegs einfacher machte. Sich die Möglichkeit der endgültigen Rückkehr schon jetzt genauer auszumalen, wollte ihr nicht gelingen.

22. JUNI 1975. Er freute sich über Elodies Entschluss das Haus betreffend. Die Entscheidung gab ihm die Sicherheit, so vermessen war er in seiner Verliebtheit, sie hier jederzeit antreffen zu können. Nicht immer, aber jeweils in den Sommerferien, an Feiertagen wie Weihnachten, Ostern, Pfingsten oder auch zu den stürmischen Tagen der *Tempêtes* im Herbst und im Frühjahr.

Im nächsten Monat würde sein Praktikum in der *Librairie des amis* zu Ende gehen. Er würde wieder an die Universität in Grenoble zurückkehren müssen, für ein drittes Semester als Austauschstudent. Danach musste er die letzten zwei Studienjahre in Heidelberg absolvieren, wo er ehedem sein Studium der Literaturwissenschaft und Romanistik begonnen hatte.

Elodie machte ihm Mut. Ihre Tür werde für ihn immer offen stehen. Man könne sich auch in Paris treffen oder beispielsweis auf halbem Weg in Metz. Eine schöne Stadt, sehr grün. Elodie schmiegte sich an ihn, streichelte ihn im Nacken und fuhr mit ihrer anderen Hand unter sein T-Shirt. Er wollte sie küssen, doch sie drehte sich ab, hielt ihm Wange und Ohr hin. Er spürte die Schwellung, schämte sich ihrer wie ein Konfirmand und wollte im selben Moment, dass Elodie den nächsten Handgriff tat. Elodie erhob sich jedoch ruckartig von der Bank, auf der sie sich am Ende ihres Spaziergangs am Fluss niedergelassen hatten. Sie knöpfte die oberen Knöpfe ihrer Bluse zu, streckte und reckte sich, als sei sie gerade noch schläfrig aus dem Bett gesprungen. Sie fuhr sich mit beiden Händen durch ihr dichtes Haar und bat ihn, sie bis zum Friseursalon zu begleiten.

Auf dem Rückweg ins Dorf, sie nahmen wieder den alten Schleichweg, lud Elodie ihn zu ihrem Geburtstag ein. In drei Tagen könne er sie zuhause besuchen. Nachmittags um drei Uhr. Sie würde einen *Kouign Amann* backen, den er so mochte. Er solle kein Geschenk mitbringen, auch keine Blumen. Auf keinen Fall. Sie würde ihm ein Geschenk machen. Die Tür würde offen stehen.

25. JUNI 1975. Die Traumbilder blasser Haut, angespannter Muskeln, glanzvoller Augen und von duftendem Schamhaar ließen sich nicht mehr zurückholen. Er schaute sich um und vergewisserte sich, wo er war. Er suchte in sich und für sich den Anlass für das Hiersein. Er blickte aus dem Fenster auf den Platz, sah den wieder anfahrenden Schulbus und hörte Kinderstimmen und das entfernte Glöckchen der Friedhofskapelle. Er schloss das Fenster. Nichts sollte ihn stören.

In der ersten Schublade der Kommode lagen Taschentücher, Servietten, eine Tischdecke. In der zweiten, die klemmte und nur mit einem kräftigen Ruck zu öffnen war, lag ordentlich sortiert Unterwäsche. Feiner glänzender Stoff, ausschließlich schwarz oder dunkelgrau. Dazu gleichfarbige Strümpfe. In der dritten Lade fand er, in einen flachen Karton verpackt, eine weiße Haube, wie er sie schon auf Ansichtskarten gesehen hatte. In vielen Variationen. Es gab Hauben für kleine und für heranwachsende Mädchen, für Bräute und für verheiratete Frauen, für ältere Alleinstehende und für Witwen. Groß- und Kleinbürgerinnen, Bauersfrauen und Arbeiterinnen unterschieden sich. Die Hauben, die im Südwesten der Bretagne auch mal fünfzig Zentimeter hoch sein konnten, variierten von Region zu Region. Vielleicht sogar in winzigen Details von Pfarrei zu Pfarrei, aber das wusste er nicht. Das vor ihm liegende Exemplar gehörte zum offenbar schlichten Hochzeitskostüm der hiesigen Gegend, zu den beiden für zehn oder fünfzehn Kilometer parallel auf die Küste zulaufenden Flusstälern. Neben der Haube lag ein kleineres Kästchen. Er nahm es heraus und öffnete es. Eine Kette kleiner Perlen, die, auf eine bestimmte Art ins Haar gesteckt, vermutlich ebenfalls den Kopf der Braut schmücken sollte. Der große alte Schrank barg neben drei Sommerkleidern, einem Kostüm und Hosenanzug die mit einem dünnen Leinentuch abgedeckte Hochzeitstracht. Ein schwarzer knöchellanger Faltenrock, eine weiße Bluse, ein schwarzes samtenes Jäckchen. Ein ebenfalls schwarzer Umhang, ein Überwurf mit rötlichen Borden hing auf einem weiteren Bügel. Im Boden des Schranks standen offenbar bislang nicht getragene Schuhe mit kleinen Silberschnallen.

Hinter dem anderen Flügel der Schranktür befanden sich Regalfächer. Hier hatte Elodie ihre Alltagskleidung untergebracht. Weniger ordentlich sortiert. T-Shirts, Jeans, zwei leichte Pullover, einige Sockenpaare, ein Badeanzug, Shorts, Unterhemden und Unterhosen in helleren Farben. Kein BH. In seiner Gegenwart hatte Elodie noch nie einen getragen. Er schloss den Schrank. Die Uhr im Haus schlug viermal.

Er verließ das Haus kurz nach dem Glockenschlag. Nicht fluchtartig, aber ohne zu zögern. Die Treppe knarrte, als er hinabging. Das war ihm eine Stunde zuvor nicht aufgefallen. In der Küche war immer noch niemand zu sehen. Als er die gegenüberliegende Tür öffnete und aufstieß, fiel sein Blick sofort auf den imposanten Kamin, der – diesen Eindruck hatte er gehabt – für das kleine Granithaus zu groß war. Heute wusste er, dass in diesen Häusern und Kaminen nicht beschauliche abendliche Feuer angezündet wurden, sondern vor allem große Kessel voller Kartoffeln, Gemüse, Wurst und Knochenbrühe gehangen hatten. Dass auf dem großen runden Tisch nicht für einen Geburtstagskaffee eingedeckt worden war, und dort der versprochene *Kouign Amann* nicht zu sehen und im Haus keine sich verflüchtigenden Backdüfte zu riechen waren, war ihm erst Tage später ein- und aufgefallen. Die Haustür hatte er wie vorgefunden offen stehen lassen.

ENDE APRIL 2015. Selbst der Gang aufs Klo war beschwerlich geworden. Himmelherrgott. Er wusch sich kurz die Hände. Natürlich war der Papierhandtuchspender leer. Er wischte die Finger an seiner Hose ab. Er setzte sich nicht mehr, sondern lehnte sich für ein letztes Bier an die Theke. Bernard kassierte ihn ab und im Fernsehen liefen immer noch Pferderennen.

Er trank sein Glas aus und merkte, dass es ihm plötzlich schwerfiel, das Gleichgewicht zu halten. Man konnte nicht einfach vierzig Jahre zurückspringen. Zurückdrehen noch weniger, mit all den vergangenen Jahren, Monaten und Tagen. Er hatte es schon damals nicht geschafft, die Zeit nur um wenige Stunden oder einige Tage zurückzudrehen. Es war wie das böse Erwachen aus einem süßen Traum gewesen. Jetzt musste er endlich den bösen Traum beenden.

Er war sich nicht mehr sicher. Ihre Stirn, ihre Nase, ihre oft geküssten Wangen, ihr Hals, ihr schöner Hals, ihre Schultern, ihr Rücken, ihre Brüste und ihre Fesseln, ihre Hände und ihre Augen. Er würde sie, da war er sich sehr sicher, auf einer Fotografie von damals erkennen, auch in einer Gruppe von Frauen, so wie er sie im Porträt ihrer Mutter erkannt hatte. Doch er könnte jetzt und hier, in diesem Moment keine genaue Beschreibung von Elodie im Jahre 1975, seiner ersten und letzten großen Liebe, liefern. Und Elodie würde in ihm sicherlich nicht ihren verliebten Begleiter für wenige Wochen wiedererkennen. Vor ihr würde ein alter, ja gebrechlicher, nach reichlich Biergenuss stinkender Mann stehen, unangekündigt auf den Stufen ihres Hauses und – das fand er einen witzigen Einfall – den *Kouign Amann* einfordernd. Mehr nicht. Sie würde ihn nicht erkennen. Sie würde ihn nicht wiedererkennen, sogar nicht wiedererkennen wollen. Schließlich waren sie beide alt und müde und hatten keine Träume mehr.

Die Entscheidung fiel ihm am Ende leicht. Skrupel, Bedauern, Reue lagen ihm fern. Seinen Stock in der rechten Hand, sich mühsam umdrehend und mit der linken dem Haus Nummer fünf zuwinkend ging er über das grobe Pflaster zum Parkplatz vor der *Mairie*.

Das Einsteigen in sein kleines Auto fiel ihm schwer. Er fuhr los, ohne Eile und über wenig befahrene Straßen. Er ließ die Seitenfenster etwas herunter, genoss den Fahrtwind. Sanfte Hügel, Bauernland, Weite, ein unwirkliches Leuchten am fernen Horizont. In gut einer Stunde würde er sein Urlaubshotel in Saint-Efflam erreicht haben.

Der Junge mit der Luftpumpe

ALS SIE BEGANN, sich in ihrer eigenen kleinen Welt einzurichten, hatte sie die Schläge längst vergessen. Er war schon über drei Jahrzehnte tot. Und die Lügen und die Schande, die Sorgen um die Kinder und die Angst vor dem Zorn lagen nochmals weitere zwanzig Jahre zurück. Eine Ewigkeit also, die zu überbrücken keine Erinnerung mehr leisten konnte.

In ihrer neuen Welt, von der niemand wusste und zu der niemand sonst Zutritt hatte, gab es auch keine Erinnerung an die langen Jahre, in denen die Kinder geboren und großgezogen worden waren, in denen die Mahlzeiten pünktlich auf dem Tisch und abends die Pantoffeln bereitstehen mussten. In denen jeder Pfennig herumgedreht wurde, und in denen eine Tafel Schokolade als verräterisches Signal auf dem Küchentisch lag. Nichts erinnerte an das Geflüster der Nachbarinnen, an das schamlose Lachen der Geliebten, an die fragenden Augen der Kinder. Die Postkarte aus Paris, die Fotos aus Osttirol und das Mitbringsel aus Schottland gab es nicht mehr, nicht in ihrem Kopf und ihrer Welt.

Das verzweifelte Fragen nach dem Warum und die schützenden Hände gegen die Ohrfeigen, die die Antwort auf ihre Fragen waren, hatte sie vergessen. Sie konnte noch nicht einmal sagen: Zum Glück. Das späte Glück konnte sie nicht glücklich machen, denn sie wusste nicht von diesem.

SIE HÄTTE AUCH EINEN ANDEREN HEIRATEN können. Nicht unbedingt einen so umworbenen und schönen Mann. Aber fleißige und gute Männer hatten sie gefreit. Noch vor wenigen Monaten – sie war, ohne dass es jemand bemerkt hätte, gerade dabei, ihre bisherige Welt Schritt für Schritt hinter sich zu lassen – konnte sie Namen aufzählen: Martin, Werner, Seppl und Ewald. Alle hatten ordentliche Berufe, alle waren sauber und treu. Ewald hatte als Erster ein eigenes Haus gebaut, in einer neuen

Siedlung. Sie hätte nur Ja sagen brauchen, doch sie hatte gezögert und gezögert und Nein gesagt. Die Eltern waren dagegen. Ein entfernter Cousin, das wäre untragbar gewesen.

Der bäuerlichen und protestantischen Enge des Heimatdorfes hatte sie nur entkommen zu können geglaubt, wenn sie in die Kreisstadt zog. Dass diese ihre eigene Enge bereithielt und diese sie einschnüren würde, spürte sie sofort. Doch unter den gegebenen Umständen war damals selbst *sofort* zu spät gewesen.

Die schönen Schwestern des Auserwählten schauten auf die Braut aus dem vergessenen Tal herab. Die Mutter des Liebsten war laut, roch ungewaschen, ließ beim Metzger und im Laden anschreiben und schützte ihre Brut mit Lügen. Die eigenen enttäuschten Eltern zerrten, vergeblich und verbittert. Sie hatte allen Mut und alle Kraft zusammengenommen. Und fast aufgebraucht.

Der dann unerwartete Umzug in das jenseits der Berge liegende Rheintal bot ihr bald nach der Hochzeit noch einmal die Gelegenheit, dem Betrug zu entkommen. Viele Jahre schwärmte sie immer wieder von dem Dorf im Ried. Sie verdrängte den Schmerz. Sie sprach von der Freundschaft zu

Nachbarinnen im Haus und in der Straße. Dass er auch dort jüngere Frauen suchte und fand, bemerkte sie erst spät. Sie war gutgläubig. Man trug es ihr zu. Sie schickte ihren Ältesten, noch ein Kind, an die Haustüren, um ihre erneute Enttäuschung und ohnmächtige Abscheu kundzutun.

Auch das hatte sie vergessen. Wie den einmaligen heimlichen Antrag eines Kollegen ihres Mannes, mit ihr und den Kindern wegzugehen, alles hinter sich zu lassen, neu anzufangen. Als ihr halbwüchsiger Ältester zehn Jahre später denselben Ausweg vorschlug, hatte sie noch weniger Kraft und Mut, diesen undenkbaren Schritt zu tun. Sie hatte schon früh keine Vorstellung mehr von einer anderen Zukunft.

SIE LÄCHELTE. Sie machte manchmal noch Witze. Sie mied lange Sätze, ignorierte Fragen und fand keine Antworten. Sie erzählte in wirren Worten aus ihrer Welt, von der sie glaubte, es sei die gemeinsame. Der Moment, der kein Vorher und kein Nachher kennt, war jetzt ihr Leben. Dessen Mittelpunkt war der Schaukelstuhl. Das Zimmer war der Ort, an dem sie sich aufgehoben fühlte. Die Nachbarräume waren schon ebenso weit entfernt wie der Schlossplatz oder die Wohnorte der seit langem erwachsenen Kinder und das fremde Land im Fernsehen.

Plötzlich öffnet sie die trüben Augen, die Stimme wird lauter, vernehmlicher. Lebendiges, ja Verschmitztheit tritt in ihr Gesicht. Viele Geschichten kannte man auswendig. Diese erzählt sie zum ersten Mal.

Sie hatte damals noch gelernt, Schneiderin, im Nachbarort, der am Main und damit schon im Bayerischen lag. Achtzig Jahre war das her. Und plötzlich taucht in dieser tiefen Erinnerung ein Junge auf, ebenso alt wie sie, der in einer Landmaschinenwerkstatt arbeitet und der der vorbeikommenden Vierzehnjährigen jeden Abend anbietet, ihr Fahrrad aufzupumpen. Er war mit einem nassen Kamm noch einmal durch sein Haar gefahren, seine schwarzen Arbeitsschuhe polierte er mit einem Lappen und Spucke. Für sie.

Er redet auf sie ein, die Reifen könnten schon etwas mehr Luft vertragen. Sie habe schließlich noch sechs beschwerliche Kilometer bergauf vor sich. Er habe eine neue Luftpumpe. Es werde auch nicht lange dauern. Ein hübscher Kerl, der in sie verliebt ist. Sie spürt es, sie weiß es. Sie schützt immer Eile vor, tritt in die Pedale, winkt und lächelt ihm zu.

Und genau jetzt, in diesem Moment, der kein Vorher und kein Nachher kennt, kommt dieses Lächeln zurück und zeigt sich auf ihrem Gesicht.

Ihr Glück.

Verlorene Zeit

Meinen LZ-Kolleginnen

NOTIZBUCH, 19. FEBRUAR. Endlich den Dreh gefunden und an den Schreibtisch gesetzt. Warum Proust erst jetzt gelesen? Der Kindheit auf der Spur, den Gerüchen und Gefühlen, Illiers ist Lorbach, Combray vielleicht Bergwald (andere Ortsnamen überlegen!). Die weiten Rheinauen vielleicht das, was Balbec für Proust. Interessante Parallelen des Zugfahrens. Seine Madeleine war das Latwerschebrot (verständlicher: Pflaumenmarmelade, trifft's aber nicht). Schloss, Städtl, Marktplatz mit Graf Franz auf der einen Seite, der Buchenwald, die Hohlwege und der Sandsteinbruch auf der anderen. Die Mädchenschar von Balbec: Esther oder die Anziehungskraft der Jahrmarktmädchen (das Fremde). Innere Dialoge sehr schwierig. Perspektive: Kind oder Erzähler –

oder gar der sich an die Kindheit erinnernde Mann? Wie kommt der weite Horizont in die Enge? Tausendfache Empfindungen in der räumlichen Enge des Waldstücks; verkümmerte Empfindungsfähigkeit in der Weite späterer Erfahrungen. Spärlich mit Figuren umgehen. Zeiträume und ihre Proportionen. Was muss der Leser verstehen, was sollte er verstehen, wo Überraschungen, wo im Dunkeln lassen? Wie lassen sich (leise!) Aha-Effekte erzielen?

Das Ganze muss sich lesen wie das Untertauchen in einem unendlich weiten und tiefen Teppich aus Blütenblättern (sehr weich); das Ganze zählt! Unbedingt durchhalten!

Schon wieder mehr Notizen als echter Text. Sollte nicht so viel nachdenken. Woher die Zeit nehmen?

ANRUF, 24. MÄRZ. Leider sind Sie nicht zuhause, also vertraue ich auf Ihren Anrufbeantworter. Kurz und gut: Auf der Diskette mit Ihrem Artikel über „Käsekonsum und Marketing in Großbritannien" fand sich noch eine knappe Seite mit Notizen. Ich habe reingelesen. Entschuldigen Sie die Neugier. Bin verblüfft. Die Diskette schicke ich Ihnen noch heute zu. Sie haben doch eine Kopie auf der Festplatte? Melde mich demnächst wieder wegen weiterer Beiträge zum EG-Binnenmarkt. Tschüss.

NOTIZBUCH, 26. MÄRZ. Geschwindigkeiten werden eine Rolle spielen. Gleichzeitig Ausweitung der Räume und Verdünnung der Empfindung. Letztere ersetzt durch Erinnerung (muss aber deutlich werden, ohne Plattheiten).

An die Formalitäten mag ich gar nicht denken. Absätze, Kapitel, Überschriften.

Wie konkret (real) müssen Daten, Namen und Orte sein (bei Proust faszinierend: die Etymologie der Namen und Ortsnamen)? Wie bei Proust einer oder zwei skurrilen Figuren zuschieben?

BRIEF, 3. APRIL. Ich hoffe, Sie haben die Diskette mittlerweile erhalten. Da Sie sich nicht gemeldet haben (ich hoffe, Sie waren wegen der verspäteten und formlosen Rücksendung nicht erbost; hat Ihr Anrufbeantworter meinen Anruf vom vorletzten Wochenende überhaupt angenommen?), diese kurzen Zeilen. Meine Schwester ist in ihrer Freizeit bei einer kleinen Zeitschrift engagiert. Mehr oder weniger bekannte Figuren der örtlichen Kulturszene, Bildhauer und Maler, Schauspieler, Kabarettisten, Filmemacher usw. usf. werden interviewt oder porträtiert, Gedichte oder Szenarien (meist nur auszugsweise) werden veröffentlicht. Es gibt auch übergreifende Beiträge; letztes Jahr einige zur Buñuel-Woche, im Januar-Heft eine Diskussion über „Poesie, Inspiration und die Kassenlage". Das Blatt (grafisch gut gemacht) erscheint (leider recht unregelmäßig) in Zusammenarbeit mit dem Kulturamt und der VHS („Coram publico", altbacken, finden Sie nicht auch?). Etwas Geld schießt die Stadtsparkasse zu.

Auf jeden Fall, Schwesterchen lässt Sie fragen: Ihre Notizen zu einem netten kleinen Beitrag (max. zwei Seiten!) ausarbeiten? Die Redaktion (drei Frauen und ein Mann, alle vier ehrenamtlich) dachten an folgendes Thema: „Der Aha-Effekt in der Literatur" (Sie sprechen davon in Ihrer Notiz) oder vielleicht etwas Allgemeineres und gleichzeitig Aktuelleres, etwa: „Deutsches Schreiben im Jahr von Mölln und Solingen".

Eigentlich haben Sie freie Hand; Sie möchten aber bitte die Zeilenbegrenzung streng einhalten. Die Redaktion hofft auf baldige Antwort.

Unterlagen zur Rolle der großen Supermärkte in Frankreich (eilt!) sowie (bislang nur vielleicht) zur hiesigen Nachfrage nach Ostprodukten folgen auf dem Dienstweg.

NOTIZBUCH, 8. APRIL. Würde gerne etwas schreiben, bin mir aber wegen des Themas noch unschlüssig. Die Vorschläge sind zum Kotzen. Bitte um Bedenkzeit. Das (fast) Wichtigste noch nicht gefragt: Wann ist der Abgabetermin? Gibt's Honorar? Wahrscheinlich nicht. Muss unbedingt anrufen.

FAX, 10. APRIL. Redaktionsschluss ist gegen Ende April. Honorar leider nicht möglich. Wenn's mit dem Beitrag klappt, könnte eventuell etwas über die VHS/Kulturamt laufen. Bitten um eigenen Themenvorschlag.

NOTIZBUCH, 12. APRIL. Darf mich nicht ablenken lassen. Das Kapitel (Kapitel?) zur Freundschaft zwischen Jungs aus dem Fußballverein und solchen aus besserem Hause fast fertig. Anstrengung, Ehrgeiz, Gemeinsinn. Irgendetwas fehlt noch. Die Dusche.

Hypermarché-Beitrag an einem Nachmittag geschrieben; bringt etwas Geld. Kontakte, die einen einigermaßen über Wasser halten, wollen gut organisiert sein. Zusätzliche Energie und Ausdauer sind nötig; woher holen?

Vielleicht schreibe ich etwas zum Schreibanlass „Der schwere Weg von der Erinnerung im Kopf zur Erinnerung auf dem Papier".

Die Komposition wird zu einer der entscheidenden Fragen, neben der Stilfrage. Habe Schiss vor Roman. Vielleicht Mixtur aus Erzählen, Essay, Notizen, Beschreibungen etc. Merke, was es bedeutet, die Grenzen des eigenen Wortschatzes zu spüren. Gewinne immer mehr Hochachtung vor Sprachgewalt.

FAX, 21. APRIL. Sind mit Thema einverstanden. Überschrift vielleicht so ändern: „Dickflüssige Tinte" (na ja?!). Abgabe bis nächsten Montag (auf Diskette! Ascii-Format!!). Wegen VHS kümmere ich mich.

NOTIZBUCH, 26. APRIL. Völlig unzufrieden. Hätte mich nicht darauf einlassen sollen. Wie kann man über die Erinnerung reden (und schreiben!), losgelöst von der konkreten Erinnerung, den undefinierbaren Gerüchen, weichen Armen, feuchten Wiesen, dem Biss auf ein Kümmelkorn, den Augen der alten Frau?

Die jungen Offiziere von Doncière als junge Fußballer! Der plötzliche Tod des besten Freundes als Verletzung an der Achillessehne? Lächerlich.

KURZBRIEF, 6. JUNI. Anbei das Belegexemplar mit Ihrem Beitrag: „Erinnern – kostbare und verlorene Zeit?" Leider ist im Druck das Fragezeichen verlorengegangen; tschuldigung. Wir hoffen auf Resonanz. Wir rechnen mit weiterer Mitarbeit.

NOTIZBUCH, 15. AUGUST. Die „Suche nach der verlorenen Zeit" heute dortselbst zu suchen, muss zu Frustrationen führen. Vor allem in einem eher regnerischen Sommer. Wie soll man in dieser Ödnis, zwischen dem aufgeschütteten Lehmboden für eine neue TGV-Trasse und den vergammelten Getreidesilos eines dem Ruin entgegendösenden Bauernhofs die Weißdornhecke finden, die Proust sein Leben lang nicht vergessen sollte? Wohin würde er sich wenden, heute am Gartentor Tante Leonies stehend? Wahrscheinlich weder zu der

Seite Swanns noch zu der der Guermantes. (Übrigens eine Überlegung wert: Schriftsteller an einem bestimmten Schlüsselort oder zu einem Schlüsselzeitpunkt einfach anders entscheiden lassen!?)

NOTIZBUCH, 12. SEPTEMBER. Erste Antworten auf die Reiseberichte. Einer wird, wenn auch stark gekürzt, veröffentlicht werden: „Ihre Suche auf den Spuren von Proust sollten Sie vielleicht gesondert veröffentlichen. Ich habe das Ms. an die Feuilletonseite weitergegeben. Wir haben den Beitrag zur unentdeckten französischen Provinz um einige touristische Daten (zur Gastronomic, Unterkünfte, Preise, Anreise, Informationsbüros usw.) ergänzt." Was ist solch furztrockenes Ressortdenken schon im Vergleich zu den beiden inbrünstigen Leserbriefen? Das Kulturblättchen wird offenbar gelesen. Beide Einsendungen, die eine von einem Sozialkundelehrer („ich kenne die Wirkung von Worten nicht zuletzt aus meiner intensiven Beschäftigung mit dem Phänomen des „schleichenden Rassismus als tradierter Vorstufe rechtsradikaler Gewaltkriminalität" [Pohl-Pflug 1992]"; uff!), die andere von der Leiterin des VHS-Seminars „Männer-Frauen-Männerblicke", monieren ignorant und stupide dieselbe kurze Passage, in der es um die Frage geht, ob Erinnerung den Blick für Realität im Allgemeinen öffnet und sie im Einzelnen ersetzt.

Der Stein des Anstoßes in meinem Text: „Ein zufälliger und unbedeutender Blick, zum Beispiel auf die sonnengebräunten, etwas schmutzigen nackten Arme und die pflaumenkleinen Brüste des Mädchens an der Schiffschaukel begründete in seinem tiefen Inneren eine Faszination für zigeunerhaftes Aussehen, heranwachsende Mädchen und das immerwährende Reisen von einem Ort zum anderen. Niemals später hatte ein noch so suchender Blick die Kraft, in ihm *diese* Empfindungen zu wecken."

Nur ein Beispiel zu einem mir ungeheuer anstrengend erscheinenden *Muss* des Schreiben-*Wollens*, nämlich: aus einem nur wenige Sekunden dauernden, unvergesslichen (Augen-)Blick einen Text zu machen.

NOTIZBUCH, 23. SEPTEMBER. Die Leiterin des VHS-Seminars lädt mich zu einem Streitgespräch während irgendeiner Frauenwoche („Aufschrei") ein. Habe (noch nicht mal dankend) abgesagt.

Habe vor einer Woche ein paar Seiten an ein paar Feuilletons verschickt, ergänzt um Daten zu Proust.

Die Lokalzeitung hat (auf der Freizeitseite in der Wochenendausgabe) eine kurze Sache abgedruckt. Offenbar war dem zuständigen Redakteur tatsächlich nicht bekannt, dass Proust, mehrmals und immer zusammen mit seiner Mutter, in einem uns benachbarten Städtchen gekurt hatte.

Komme nicht dazu, mir die Schwarte über Ursprung und Geschichte südhessischer Ortsnamen zu Gemüte zu führen.

NOTIZBUCH, 3. OKTOBER. Kurios: Irgendein Rundfunkredakteur hat von der Kurz-Notiz Wind bekommen. Er ist wiederum mit dem Verkehrsamtsleiter der Kurstadt eng befreundet. Beide hätten gern weiteres Material über Prousts Aufenthalte. Irgendeine Broschüre, die an Kurgäste verteilt wird, werde von beiden gerade überarbeitet. Vor allem authentische Aufzeichnungen seien interessant. Sollte ich helfen können, wäre auch für mich etwas machbar. Zum Beispiel die redaktionelle Betreuung des nächstjährigen Hotel- und Gaststättenverzeichnisses.

Amüsant der Hinweis, abfällige Bemerkungen Prousts zu heute noch existierenden Beherbergungsbetrieben dürften nur ohne Namensnennung erscheinen.

NOTIZBUCH, 10. OKTOBER. Mein Notizzettel ist in die falschen Hände geraten, oder die Wege der Kolportage sind unergründlich. Smalltalk an Bistro-Theken, Du-übrigens-Nachsätze am Ende langer Telefongespräche, Apropos-Bemerkungen beim Essen, Aha-Ausrufe beim Gang zum Stadion, Merkzettel auf einem benachbarten Schreibtisch. Egal wer, wann, wie und weshalb. Am Ende der Kette, die sich zu einem Knäuel ausgewachsen haben muss, stehen erstens eine Werbeagentur und zweitens ein seltsames Managementseminar.

Die Agentur will Texte für Konfitüre-Anzeigen völlig neu aufmachen. Der Kunde sei aufgeschlossen. Literarisches oder Quasi-Literarisches über Früchte, Geschmack, Zungen und Gaumen, Herkunftsländer, Namensdeutungen etc. pp. Der Erfolg von Süskinds *Parfum* zeige ja, dass heutzutage mit allen Sinnen gelesen werde. Man habe erfahren, dass ich an einem längeren Text über Pflaumenmarmelade arbeite (ein Roman, etwas eher Scherzhaftes oder Populärwissenschaftliches? – das spiele keine Rolle). Ob ich die Sache (die Botschaft) nicht vielleicht auf prägnante zwanzig, dreißig Zeilen bringen könnte. Und ob ich es – sollte mir der Auftrag und dem Textchef der Agentur meine Schreibe zusagen – nicht auch mit Kirschen, Erdbeeren, Orangen, Maracuja, Ingwer und so weiter und so fort probieren wolle. Vielleicht gelänge mir sogar etwas Lyrisches zum Zuckeranteil; nebenbei und im Scherz gesagt.

OutdoorInside, so nennen sich tatsächlich die Personalberatungs- und Managementfuzzis, ist auf Überlebenstraining, vorzugsweise in Neuseeland, mit anschließender Kreuzfahrt nach Java, Borneo und Celebes, spezialisiert. Auch *extremely-tough-activities* wie Klettern in engen Schornsteinen stillgelegter Kokereien oder auch 48 Stunden mit Patients geschlossener Abteilungen einer Psychiatrischen Klinik sowie spirituell-geistige Komplementärveranstaltungen gehörten zum Angebot. Neue Gesichter seien gefragt, auch neue Ansätze, sofern sie den allgemeinen Intentionen des Hauses und den Erwartungen (nicht unbedingt den explizit geäußerten, aber den sublimierten) der *Activity*-Teilnehmer entsprächen.

Man bietet mir an, bei freier Kost und Logis und in einem ausgesprochen extraordinären Ambiente und bei einem honorigen Salär (es sollen tatsächlich 9.000 Märker sein) einen einwöchigen *SensActivityCircle* „Späte Erfahrungen von Weite und Nähe" zu leiten, zu moderieren, eigentlich mehr zu begleiten, „innovativ und gleichzeitig äußerst temperiert".

FAX, 19. NOVEMBER. Haben von Ihrer Performance auf Gut Schwarzbach erfahren. Bitten um Überlassung des Manuskripts. Könnte in der *Feel-Good*-Reihe unseres führenden Magazins veröffentlicht werden. Am Honorar soll es selbstverständlich nicht scheitern.

FAX, 28. NOVEMBER. Beitrag bitte um Dimension der „mittleren Distanz" (Kariophanes, auch Leibniz) ergänzen. So scheint Dialektik von Nähe und Weite eher plausibel und doch ausreichend irritierend. Die Passagen zur Geschwindigkeit werden wir wohl streichen müssen, wäre Doublette (siehe Hawking-Artikel im ersten Halbjahr).

NOTIZBUCH, 2. DEZEMBER. Kolportage, Kolportage. Realsatire: Redakteur der Verbandszeitschrift der Hessischen Fußballjugend, Bruder eines Freundes einer Volontärin (?), bittet um Beitrag zur Artikelserie „Jugendfußball in den Fünfzigern". Themenvorschlag: „Mit dem Fahrrad und bei Gegenwind zum entscheidenden Auswärtsspiel".

FAX, 3. DEZEMBER. Briefing o.k., Texte gecheckt. Etat schon für nächstes Jahr gesichert. Sie können loslegen. Nach den Marmeladen kämen dann eventuell (Billing noch nicht durch) Reifen infrage. Vielleicht ähnlich unkonventionell konzipiert, aber nicht für Printmedien, sondern für TV. ‚Reifen-Spuren' – müsste Ihnen doch liegen. Erbitten kurzen Durchruf.

FAX, 10. DEZEMBER. Reifen-Etat gecancelt. Sorry. Aber(!): Recycling-Unternehmen startet Kampagne. Es käme analog zu „Ich war eine Dose" ein provozierender Slogan als Aufhänger infrage: „Ich war schon einmal ein Text". Text-Recycling und so. Sie müssten ein paar treffende Plagiate eruieren. Denken Sie darüber nach.

NOTIZBUCH, 19. DEZEMBER. Empörter Leser teilt mit, er habe Balbec und Combray auf keiner seiner („wahrhaftig nicht wenigen") Normandie-Karten gefunden. Die Reise-Seite hat ihn an mich verwiesen. Der Redakteur legt Zettelchen bei: Er könne nicht jeden erwähnten Ort selbst im Atlas nachprüfen, er müsse sich auf Autoren und deren Recherche verlassen können, das sei Ehrensache.

VHS-Frau keifend und nach ihrer kurzen Brandrede sofort auflegend: Jetzt sei alles klar. Pflaumengroße Brüste, Werbung für Pflaumenmarmelade. Ich bräuchte ihr nix zu erzählen, sie wisse aus erster Quelle Bescheid.

Der Zeitgeist-Redakteur hat seinem Faible für die ,mittlere Nähe' freien Lauf gelassen. Mein Artikel kann nicht erscheinen (aber stattliches Ausfallhonorar ist zugesichert, und originelle Formulierungen wurden übernommen). Habe mir das Blatt ausnahmsweise gekauft, meine Textpassagen finden sich in einem unsäglichen Artikel über die Rolle des neuen Deutschland in der Mitte Europas („Was uns immer nah war" oder so ähnlich).

BRIEF, 27. DEZEMBER. War doch überrascht, lieber Freund, am Rande eines Weihnachtsbrunchs unserer alten Clique so unterschiedliche Auskünfte zu erhalten. Du sollst im Auftrag und im Domizil (Schloss?) einer dubiosen esoterischen Vereinigung Vorträge über neue Managementstrategien halten (das Thema soll gelautet haben: „Die jungen Offiziere von was-weiß-ich-wo, Junge Führungskräfte von heute" oder so ähnlich). Gleichzeitig heißt es, Du hättest nach der Marmeladen-Scheiße auch noch die Spots über diese neuen wattigen Säckchen getextet („Auch Männer haben ein intimes Problem, das lange tabu war. Auf Geschäftsreise, im Theater, beim Sport Tropfen verlieren? Nein! Geruchsneutral, nicht ausbeulend, einfach zu entsorgen!"). Das darf doch wohl nicht wahr sein.

Von Deinem Clinch mit der Femi-Szene habe ich schon vorher telefonisch gehört. Jungfräuliche Zigeunerinnen zu bumsen, ist aber auch wirklich etwas dick aufgetragen. Ich versteh Dich, in unserem Alter (Krise, Krise) kommen einem schauerlich prickelnde Gedanken. Klar, ist alles Literatur; Du kannst Dich gut rausreden. Aber so direkt hättest Du's trotzdem nicht bringen brauchen; gerade hierzulande und gerade heutzutage.

Was macht eigentlich das Bein bzw. der Fuß? Ist die Achillessehne wieder o.k.? Gute Besserung, falls noch nötig. Auch ansonsten alles Gute.

P.S. Versuchst Du Dich immer noch an Joyce, oder war es Musil? Egal. Toi, toi, toi.

FAX, 30. DEZEMBER. Planen Anthologie mit Eisenbahngeschichten (Arbeitstitel „Zug um Zug"). Andenfahrt (mit Rucksack und so), Bitte viermal umsteigen! (Bahnverbindungen auf dem Land) oder TGV (als neuer Raum zwischen Provinz und Paris) wären als Themen noch frei. Interesse?

NOTIZBUCH, 31. DEZEMBER. Dem Wahnsinn gerade noch entkommen. Proust zur Seite gelegt. Alle Notizen dazu verbrannt. Im Januar und Februar stehen die ersten etwa fünftausend Zeilen zum Rahmenthema „Vor dem Millenium: Angebot und Nachfrage – Profilierungskonzepte am Point of Sale" an.

Alenka

ALENKA WAR FREUNDLICH, hilfsbereit und fleißig. Ja,
sie galt als die freundlichste und hilfsbereiteste
und fleißigste Pflegekraft der Seniorenresidenz.
Wobei, das muss man zur Ehrenrettung der anderen Pflegerinnen und Pfleger erwähnen, Alenka
versah ihren Dienst nur an einigen Tagen in der
Woche, nur für wenige Stunden, nebenher, ehrenamtlich.

Alenka war beliebt. Sie half beim Haare-
schneiden oder Rasieren und griff auch mal zum
Bügeleisen. Sie achtete auf die pünktliche Ein-
nahme verordneter Medikamente, gab Spritzen,
obwohl sie dafür nicht zuständig und nicht wirklich ausgebildet war. Sie half denjenigen, die es
wollten, beim Vorbereiten kleiner Mahlzeiten, und
jede Woche begleitete sie einen ihrer Schützlinge

zum Mittagessen in ein nahes Restaurant, meistens in das Ausflugslokal am Teich oder zum Italiener unten am Marktplatz. Alenka erledigte auch kleine Besorgungen. In ihrem großen Korb brachte sie fast immer eine Illustrierte oder ein Rasierwasser, Zigarillos oder mehrere Tafeln der Lieblingsschokolade für einen der Herren mit. Es bereitete ihr auch keine Mühe, in der Reinigung ein Sakko oder im Buchladen eine Bestellung abzuholen.

Alenka hatte keine Scheu vor Körperkontakt. Sie unterstrich ihre Freude über einen Genesenden, indem sie diesen für einen Moment in den Arm nahm. Sie konnte einen Scherz mit einem Klaps auf die Schulter abschließen. Sie legte beim Händeschütteln gern für wenige Sekunden die zweite Hand auf die ihres Gegenüber statt durch Worte zu trösten. Ein stummes Lächeln genügte ihr als Dank.

Es waren fünf Männer im Alter zwischen achtundsechzig und zweiundneunzig Jahren, die sich um Alenka scharten. Sozusagen der komplette linke Flügel in der dritten Etage von Haus C. Mit der Zeit – Alenka war hier oben am Adamsberg nun seit gut einem Dreivierteljahr tätig – hatte es sich einfach so ergeben, dass sie sich nahezu ausschließlich um die Bewohner von *C3li* kümmerte. Es gab keinen triftigen Grund, plötzlich anderswo auf dem Gelände anderen Senioren zu helfen, und es wäre aufwendig gewesen, zusätzlich weitere Herren aus der unmittelbaren Nachbarschaft der kleinen Gruppe aufzunehmen. Und, das war aber nur eine Vermutung Alenkas, die *C3li*-Männer würden eine Vergrößerung ihrer Gruppe nicht widerspruchslos hinnehmen. Auch in hohem Alter fanden Eifersüchteleien einen Nährboden. Und in ihrem Fall, in diesem speziellen Fall ganz bestimmt.

Alenka war mit ihren bald sechzig Jahren weder besonders schön noch unansehnlich. Sie war nicht zu dick, aber doch eher mollig als schlank. Ihre ein Meter fünfundsechzig brachten immerhin siebzig Kilo auf die Waage, die sie stets flink in Bewegung setzen und ausdauernd in Bewegung halten konnte. Sie war gesund, hatte keine Beschwerden in Knien und Hüften, nur ein sporadisches Ziehen in der Bauchgegend. Volles Haar, ein dunkles Blond mit rötlichem Schimmer, schulterlang, oft zu einem widerspenstigen Etwas hochgesteckt.

Ihre sehr schlanken Finger und die große Nase passten nicht so ganz zu ihrer Gesamterscheinung. Die hellen und freundlichen Augen und ihr sehr schöner Mund dagegen schon. Alenka legte immer Lippenstift auf.

Alenka war in ihrer Heimat Polizistin gewesen, war in den neunziger Jahren nach Deutschland gekommen, lebte seit vielen Jahren hier in der Stadt und übersetzte aus Leidenschaft Kinderbücher. Aus dem Russischen ins Deutsche, aus dem Deutschen ins Russische. Mit Freude, zum Spaß. Ihr Einkommen sicherte sie durch Übersetzungsarbeiten und Dolmetschen für ein Export-Import-Unternehmen.

Alenka trug gern leichte sommerliche Kleidung. Sie schämte sich ihrer Rundungen nicht, sondern zeigte diese gern. Sie bewegte sich in einem Kostüm und eher festlicher Kleidung aber genauso ungezwungen wie in knallengen Jeans und ihren weiten Jogginghosen. Sie trug bei Blusen und dünnen Pullovern gern hellblau, ein helles Grün und ähnliche blasse Farben. Hosen und Röcke, diese gern weit oberhalb der Knie endend, waren meist in eindeutigeren Farben – Schwarz, Rot, Violett, Gelb – gehalten. Sie mochte Leder. Sneaker und Sandalen zierten ihre Füße ebenso wie Stöckelschuhe, von denen sie zwei Paare besaß. Sie trug niemals einen Hut, ganz selten die Ballonmütze aus früherer Zeit. Seit einigen Wochen schlich sie immer mal wieder am Schaufenster eines Ladens vorbei, in dem ein prächtiger breitkrempiger Sonnenhut ausgestellt war.

ALLES HATTE DAMIT ANGEFANGEN, dass Alenka Herrn Bögel, einem der Jüngeren auf *C3li*, beim Umräumen seines Apartments geholfen hatte. Eine Kommode musste etwas verrückt werden und deshalb dann auch die kleine Sitzecke. Herr Bögel, Clemens mit Vornamen und Doktor der Mathematik, hatte bei einer Auktion ein Gemälde erworben. Es zeigte eine auf einer Kaimauer sitzende Mädchengruppe. Die Mädchen waren nur von hinten zu sehen und blickten vermutlich sehnsüchtig aufs vor ihnen liegende Meer. Als Clemens Bögel seinen schweren Sessel in die Ecke schob, in der eben noch die Stehlampe gestanden hatte, die Alenka jetzt unschlüssig festhielt, rempelte er seine Gehilfin an. Er schnaufte und drückte seinen Hüftknochen in Alenkas Seite. Für einen Moment, für einen zweiten. Er sagte „Uff, geschafft" und fragte Alenka, ob das so passen würde. Sie zuckte unentschieden mit den Schultern und sagte dann doch, ja, das Bild bekäme über der Kommode einen sehr schönen Platz. Clemens Bögel war zufrieden und wischte sich die Hände so aneinander ab, als seien sie verschmiert oder voller Sägespäne. Er ließ seine Arme hängen, schüttelte Arme und Hände, als müssten diese trocken werden, und streifte dabei ein drittes Mal Alenkas Hüfte und auch ihre Pobacken. Dr. Clemens Bögel bot Alenka zum Dank einen Likör an, den diese jedoch ablehnte. Sie fand für die Stehlampe einen neuen Platz, bewunderte nochmals das Gemälde, was dessen neuen Besitzer freute, und verabschiedete sich.

DIETMAR EULBACH, HANDWERKSMEISTER und seit vielen Jahren Witwer, bat Alenka, ihn auf einem Spaziergang zum Teich zu begleiten. Bei diesen heißen Temperaturen tue eine kleine Runde durch den Wald gut. Die seit Tagen anhaltenden mehr als fünfunddreißig Grad seien ja selbst im Haus kaum auszuhalten. Und er verspreche, sie nicht allzu lang in Beschlag zu nehmen, höchstens eine halbe, dreiviertel Stunde. So wie beim letzten Mal.

Alenka trug eines ihrer langen Sommerkleider, eines der farbenprächtigsten. Das mit viel Urwaldgrün und großen Papageien. Sie und Dietmar Eulbach fuhren mit dem Aufzug nach unten, querten den Parkplatz vor dem Nebeneingang von Haus C und folgten dem Trampelpfad, vorbei an der kleinen Trauerhalle und dem Pavillon. Die Hitze hatte offenbar die meisten der hier in der Regel anzutreffenden Hundebesitzer veranlasst, ihre Lieblinge erst zu späterer Stunde auszuführen. Nur ein junger Mann mit Hut und einem schwarzen Labrador kreuzte ihren Weg. Am Ende des Weges folgten sie einem weiteren Trampelpfad, der quer durch den Wald zum Teich führte. Sie setzten sich auf die beiden gegenüberstehenden Bänke, direkt am schlammigen Ufer, gut einhundert Meter entfernt von der Terrasse des Ausfluglokals. Alenka knöpfte ihr langes Kleid von unten her bis über die Knie auf. Sie schlug die Beine übereinander und ließ viel weiße Haut sehen.

Der ehemalige Eigentümer eines Malergeschäfts erinnerte sich gern an den letzten Spaziergang mit der gesprächigen Pflegekraft. Sie hatten sich sehr angeregt über Alenkas Heimatstadt und die diese umgebenden Sümpfe unterhalten. Dass Alenka als junge Frau in Uniform Dienst getan hatte, überraschte den Vierundsiebzigjährigen. Er wollte genauer nachfragen, bei welcher Polizeisparte sie damals beschäftigt gewesen war. Er rutschte einige Zentimeter zu Seite. So konnte er fast bis an die geheimnisvolle Stelle sehen, die das vorne auseinanderklaffende Kleid nur noch knapp verdeckte. Alenka lächelte ihn an und erklärte, sie sei bei der Kripo zuerst der Mordkommission zugeteilt worden, und am Schluss, vor ihrem Weggang, habe sie viel mit jugendlichen Drogenabhängigen und Dealern zu tun gehabt. Alenka rutschte ebenfalls etwas zur Seite, öffnete einen weiteren Knopf und schlug das linke über das rechte Bein. Dietmar Eulbach bekam mehr zu sehen als vor einer Woche und er sah zum ersten Mal in seinem Leben einen gepunkteten Slip.

NACH DER UMRÄUMAKTION bei Herrn Doktor hatte Alenka darüber nachgedacht, wie sehr diesen die erst zufällige und dann absichtliche Berührung erregt und erfreut hatte. Er hatte sich, dessen war sie sich nun sicher, nicht nur für das Umräumen der Möbel bedankt. Warum sollte sie den älteren Herren nicht auch mit solchen kleinen Gefälligkeiten eine Freude machen? Ob sie nun Schuhe vom Schuster abholte oder bei der Auswahl neuer Hemden behilflich war, oder ob sie ihnen durch ihr Lachen und ihre Offenherzigkeit, ja auch durch eine überraschende Berührung eine Spur Erregung und Fantasie schenkte, war gleich. Sie entschied, in Zukunft dafür mehr Gelegenheiten zu bieten.

Um Langeweile zu vermeiden, hatte Alenka deshalb versuchsweise neben dem zufälligen Körperkontakt auch den heimlichen Blick ermöglicht. Und vor dem zweiten Spaziergang mit dem frohen Dietmar hatte sie sich zuhause vor ihren großen Spiegel gesetzt und ausprobiert, in welcher Sitzhaltung wie viele offene Knöpfe wieviel Bein freigaben.

Ihr war klar, dass nach geraumer Zeit die von ihr geschaffenen Gelegenheiten nicht mehr das Geheimnis des jeweiligen Nutznießers bleiben würden. Auch unter alten Männern war der Konkurrenzkampf noch vorhanden. Übertreibung und Prahlerei waren nicht auszuschließen. Mit Eifersucht musste sie rechnen.

Auch deshalb beschloss Alenka, die nicht nur gutmütig war, sondern auch gerecht sein wollte,

Sekunden und Minuten der Glückseligkeit gleichmäßig zu verteilen. Und jeder sollte in den Genuss jedes Angebots kommen. Wenn es dann noch Unterschiede geben sollte, wären sie der Schusseligkeit, dem unterschiedlichen Sehvermögen oder aber den persönlichen Vorlieben der alten Herren geschuldet.

FRITZE GERLACH MOCHTE ZUM BEISPIEL ihre Brüste, mehr als jeder andere und mehr als alles andere. Für Fritze Gerlach, Oberstudienrat i.R., waren die späten sechziger und frühen siebziger Jahre „seine Jahre" gewesen. Er studierte damals in Tübingen Französisch und Deutsch fürs Lehramt. Neun von zehn Kommilitoninnen hatten damals keinen BH getragen, weder tagsüber in den Seminaren noch abends in den Lokalen, in denen er verkehrte. Mit der Zeit hatte er einen besonderen Blick für Brüste entwickelt. Präferenzen hatte er keine, doch ein ausgefeiltes Kategoriensystem. Seine Vorlieben waren einfach zu beschreiben und gut verteilt. Er mochte die kleinen, jungmädchenhaften genauso wie die festen, an Pfirsiche erinnernden Brüste. Wirklich große und gleichzeitig schöne Brüste hatte er damals nur selten zu Gesicht bekommen.

Diese hatten ihn dann in seinem späteren Leben begleitet, in den tristen Jahren, als wieder Büstenhalter getragen wurden. Nicht nur von Damen seines Alters, sondern auch von jungen Frauen und Schülerinnen.

Alenka hatte Fritze Gerlach hinunter in das beliebte Lokal *Da Guiseppe* begleitet. Als die Pasta serviert wurde, lockerte Alenka das um ihren schmalen Hals geschlungene Seidentuch. Fritze Gerlach drehte gekonnt die Nudeln auf die Gabel und lächelte, als er die beiden Rundungen ahnte, die vor seinen Augen und extra für ihn zusammenzustoßen schienen. Das Lokal war wenig besucht, und man hatte sich für einen Tisch im hinteren Teil entschieden. Alenka hatte als *secondo piatto* ein Fischgericht, Fritze Gerlach Leber gewählt. Als er ein Stück zum Mund führte, legte Alenka ihr Tuch gänzlich ab. Unter ihrer durchsichtigen rosa Bluse zeichneten sich volle Brüste der Gerlachschen Kategorie Honigmelonen ab. Die harten Brustwarzen ließen den pensionierten Gymnasiallehrer längst vergangene Zeiten erinnern.

Nach dem Essen nahm Alexa noch einen *Espresso*, Fritze Gerlach schlürfte lange seinen braunen *Grappa*. Man unterhielt sich über dies und das, über die wochenlange Hitzeperiode, den dünnen Kaffee in der Residenz, das bevorstehende Weinfest. Er genoss. Nachdem ihr Gastgeber die Rechnung beglichen hatte, erhob sich Alenka abrupter als gewöhnlich. Sie ließ ihre Brüste tanzen.

HEINFRIED VON ISSENDORFF hatte schon immer Leitern gemocht. In sehr jungen Jahren war er selbst gern hoch auf den Heuboden oder in die Apfelbäume des Gutshofes geklettert. Später, der Gutshof war verloren und er war zehn Jahre älter, schaute er gern den Kriegerwitwen zu, die die zweite Reihe der Oberlichter im altehrwürdigen Rathaussaal putzten, und den Mädchen, die sich im Spätsommer in den mächtigen Nussbaum wagten. Heinfried hielt mit Geduld die Leiter fest.

Alenka kam alle zwei Wochen bei dem ehemaligen Bundeswehroffizier vorbei und überprüfte die Rauchmelder, putzte gründlich die Deckenlampe oder kümmerte sich um neue Gardinenstangen. Der vornehme Herr erwartete Alenka an diesen Tagen, die die seinen waren, bereits vor dem Nebeneingang zu Haus C. Er war trotz der mehr als achtzig Jahre körperlich fit, ja fast sportlich zu nennen. Sie mieden den Aufzug. Er folgte in gewissem Abstand, wenn sie vor ihm die Wendeltreppe hinaufging. Eine Kanne frischer Kaffee stand bereit, man unterhielt sich über das gestrige und dass zu erwartende Wetter, Alenka stieg in ihrem kurzen Lederrock die Haushaltsleiter bis zur letzten Stufe hinauf, ließ den Rauchmelder heulen und brachte ihn wieder zum Schweigen. Sie musste sich nicht vergewissern, dass Heinfried von Issendorff die Leiter festhielt und besorgt nach oben schaute. Alenka nahm noch eine Tasse Kaffee und fragte, ob sie anlässlich ihres nächsten Besuchs etwas Besonderes erledigen könne. Herr von Issendorff verneinte die Frage, doch beim übernächsten Mal wolle er sich mit ihr in der Stadt treffen. Sie solle ihn beim Kauf einer Krawatte beraten. Danach würde er auf dem Rückweg mit Alenka gern einen Abstecher zum Herzoginnenturm machen. Sie habe ihm ja kürzlich gestanden, dieses Wahrzeichen noch nie bestiegen zu haben. Die herrliche Aussicht würde für über zweihundert Stufen entschädigen.

ALENKA HATTE dem Oberst a.D. zugesagt und am Tag des Ausflugs, seinem Geburtstag, keine Unterwäsche getragen. So wie sie dem ältesten ihrer

Schützlinge versprochen hatte, seinen letzten Wunsch zu erfüllen. Und sogar so oft, wie es noch möglich sein würde. Joachim Kühl war zweiundneunzig Jahre alt, saß seit knapp zwei Jahrzehnten im Rollstuhl und war nahezu erblindet. Joachim Kühl war Maler. Nach ersten sehr politischen Kohlezeichnungen und Collagen, die er mit *JoCool* signierte, hatte er sich der Aktmalerei verschrieben. Er war bereits um die vierzig gewesen, als er in kundigen Kreisen und auch im Kunsthandel einen gewissen Namen hatte. Er hatte die meisten seiner Modelle geliebt, wirklich geliebt. Lebendige, sich aufbäumende und verschließende, widerspenstige und empfangende Körper jeder Ausstattung und jeden Alters lieferten ihm Inspiration und Materie. Er malte aus dem Gedächtnis. Die ihm Modell sitzenden Mädchen, die erwachsenen Frauen und Alten waren dazu da, ihn zu beruhigen und vom Fieber zu befreien.

Seit er im Rollstuhl saß, hasste er seinen verfallenden Körper und er verlor das Auge für fremdes Fleisch. Die fortschreitende Erblindung befreite ihn von neidvollen und sehnsüchtigen Blicken auf das Wahre und Schöne. Es blieben Ahnungen, die ihn nicht schlafen ließen. Seine

Hinfälligkeit nahm ihm jede Hoffnung. Als er von Alenkas Dienstbarkeiten erfuhr, fasste er einen Entschluss. Er nahm allen Mut zusammen und äußerte eine Bitte, an deren ausgesprochenen und nicht ausgesprochenen Sätzen er lange gefeilt hatte. Alenka hatte ihn sofort verstanden.

Seitdem schob sie den blinden Maler regelmäßig in der abendlichen Dämmerung durch den Kurpark. Er strich ihr über den Hintern und streichelte die Außenseite ihrer Oberschenkel. Sie beugte sich zu ihm hinab, damit er ihre Schultern und ihren Hals berühren konnte. Er tastete nach den Rundungen ihrer Brüste und nach ihren schmalen Fingern. Er erkundete ihr Gesicht, die glatte makellose Stirn, fand die markante Nase, den breiten Mund, die hohen Wangenknochen und die dichten Augenbrauen. Er fuhr ihr durchs Haar.

Nachts träumte der Maler, Alenka säße ihm Modell. Im Schlaf vollendete er mit ungeahnter Energie und Lust den vollkommenen und letzten Akt seines Lebens.

Begegnung
am Cap Fréhel

DAS KNISTERNDE KAMINFEUER entwickelte eine Hitze, die, kam man von draußen, den Eintretenden wohlig umschloss, aber dem, der sich länger als zehn Minuten in der Nähe der glühenden Holzscheite aufhielt, doch ein eher unangenehmes Prickeln auf der Haut bescherte.

Es waren die Tage des Wechsels. Der Sommer verabschiedete sich endgültig. Über dem Land lag am frühen Morgen dichter Nebel, der sich erst um die Mittagszeit langsam lichtete. Auch der Sonne schien es Mühe zu machen, sich auf den Wechsel der Jahreszeit einzustellen. Die Saison, in der sich die am Strand liegenden Urlauber von ihr stundenlang bräunen ließen oder, trieb sie es zu toll, in den Gärten der Ferienhäuser einen schattigen Platz suchten, war zu Ende. Andererseits waren die Wochen noch nicht angebrochen, in denen sie bei wesentlich kühlerer Temperatur strahlend und verloren am Himmel stand und, statt nackte Körper zu bräunen, nur noch die nach ihr gierenden Gesichter und Hände angenehm wärmte. In dieser Woche war sie kaum zu sehen. Sie blinzelte für eine oder zwei Stunden zwischen den Wolken hervor, um zu zeigen, dass es sie noch gab.

DER GUTAUSSEHENDE, ETWA 35JÄHRIGE MANN faltete seine *Times* zusammen und setzte sich in die am weitesten vom Kaminfeuer entfernt liegende Ecke des Raumes. In seinem eleganten Jackett, das trotz des diesigen Wetters in vielleicht schon etwas zu herbstlichem Rotbraun gehalten war, wirkte der feingliedrige Mann an diesem Ort nicht direkt deplatziert, aber auf eigenartige Weise fremd. Auch wie er sich in den schweren Sessel setzte, dessen dunkles Leder an einigen Stellen schon deutlich abgeschabt war, kaum merklich an seinem seidenen Schal zupfte, sein rechtes über das linke Bein schlug, mit einer flüchtigen Bewegung der Hand nicht vorhandene Flusen vom Hosenbein wischte, die Zeitung wieder aufschlug und sich in diese vertiefte, hatte in dieser Umgebung etwas Irritierendes.

Dies dachte die den Mann beobachtende Frau. Er schien seine Umgebung nicht wahrzunehmen. Sie überkam plötzlich das seltsame Gefühl, nicht wirklich hier, sondern in einer Filmvorführung oder zwischen Buchseiten zu sitzen, wo das Bibliothekszimmer eines englischen Landsitzes eine wichtige Rolle spielte. Was die nachdenkliche Beobachterin verwirrte, war, dass nichts, aber auch nichts, sah man von der altehrwürdigen *Times* ab, an die Bibliothek eines Landlords erinnerte. Natürlich, das Kaminfeuer könnte auch dort wohlige Wärme spenden. Aber schon die alten Möbel, die verschlissenen Ledersessel und Stühle, der kleine Eichentisch, die Truhe und Etagere an der Wand, die Stehlampe und ihr mit einem verblassten Blumenmuster geschmückter Schirm wirkten zwischen den grob behauenen Granitsteinen, die hier die Wände des gerade mal zwei Meter hohen Raumes bildeten, anders als in dem hohen, vor allem durch dunkle und polierte Hölzer geprägten Herrenzimmer ihrer Vorstellung. Der steinerne Fußboden spendete nicht die Wärme, die von einem mit schweren Teppichen belegten Parkettboden ausging. Einige wenige kunstvoll geschliffene Karaffen, natürlich vorzugsweise gefüllt mit Brandy, Port und Sherry, waren etwas anderes als die Batterie Flaschen, die hier hinter der Theke kopfüber an einem Holzbrett aufgehängt waren. Statt durch ein dickes, in Leder gebundenes Buch, das, so wie es aufgeschlagen neben einer Tischlampe lag, an Stunden der Muse erinnerte, wurde hier der Blick durch einen ungeordneten Stapel Illustrierter, Prospekte der regionalen Tourismusinformation, eine wohl durch viele Hände gegangene Sportzeitung und die gestrige Ausgabe des Regionalblatts gefangen. Eine feine Staubschicht, die wie Patina über nur noch blass schimmernden Hellebarden oder auf dem an der Wand hängenden Geweih eines südafrikanischen Antilopenbocks lag, war etwas anderes als die Unordnung rund um die Kreditkartenmaschine, die zwischen Zetteln, Stiften, einem aufgeschlagenen Kalender und einem vertrockneten Distelstrauch zu versinken schien. Es war die Erscheinung des Mannes, seine körperlich spürbare Ausstrahlung, die Assoziationen weckte. Das war die sich von Minute zu Minute festigende Überzeugung der ihn beobachtenden jungen Frau. Auch wenn dieser

Raum, der an einem Ende in den Speisesaal überging, an seinem anderen zum Ausgang und zur Treppe führte und eine Mischung aus Salon und Thekenraum war, in nichts an einen gediegenen Raum im Seitenflügel eines alten englischen Landhauses erinnerte. Sah man von dem dortigen Hausherrn, der hier und jetzt Gast war, ab.

ER SCHÜTTELTE DIE FEINE NÄSSE von seinem Überzieher, hängte ihn über die Lehne des erstbesten Stuhls, winkte dem hinter der Theke stehenden Jungen zu und ging gemächlich zum Kamin. Er rieb sich die Hände, fuhr mit diesen durch sein schon schütteres Haar, hielt seine Hände nochmals für wenige Sekunden dem Feuer entgegen und kehrte bedächtig zurück zur Theke. So als täte er all diese Schritte schon seit Jahren, Tag für Tag und zur gleichen Stunde. Vor ihm stand eine dampfende Tasse Schwarzer und ein Glas Calvados. Er mied die hohen Hocker, verlagerte das Gewicht seines großen Körpers etwas mehr auf das linke Bein, lehnte sich in seiner ganzen Schwerfälligkeit gegen die kupferne Umrandung der kurzen Theke, nippte an seinem Kaffee und schaute sich um.

Die zierliche, auf den ersten Blick spröde wirkende Frau, die trotz der auf ihrem Schoß aufgeschlagen liegenden Zeitschrift nicht verbergen konnte, dass sich ihre Gedanken mehr mit dem in dem zweiten Sessel sitzenden Mann beschäftigten, war ihm schon am frühen Nachmittag aufgefallen. Zuerst hatte er sie am Meer gesehen, als er schnaufend den steinigen Weg bewältigte, der vom Strand aufwärts und dann oberhalb der Vogelfelsen in Richtung des alten Forts führte. Und zum zweiten Mal hatte er sie auf einem der zahlreichen Wirtschaftswege getroffen, die die verstreut liegenden Bauernhöfe untereinander und mit dem ihre Mitte bildenden kleinen Ort verbanden.

Sie hatte in den Taschen ihrer für sie offenbar zu großen Strickjacke Muscheln gesammelt und mit einem kleinen Stock wahllos Figuren in den nassen Sand gezeichnet, sich dem starken Nordwestwind ausgesetzt und lauthals gelacht. Ihr langes Haar hatte ihr Gesicht umflattert und so verhindert, dass er sich dieses Gesicht hätte merken können. Zwei Stunden später, auf dem Rückweg zum Dorf, als der Wind nachgelassen und leichter Nieselregen eingesetzt hatte, war sie ihm wieder begegnet. Ihre Wangen waren vom Bad im

Wind immer noch leicht gerötet gewesen. Sie schien erst jetzt zu frieren. Ihre Hände krallten sich in die Bündchen der auffälligen Jacke, und ihre Arme umschlossen den kleinen, zierlichen Körper, als müsse er gegen mehr als das Wetter geschützt werden. Ihr Haar hatte die kaum dreißig Jahre alte Spaziergängerin ohne große Sorgfalt zu einem dicken Zopf gebunden. Sie hatte seinen Gruß zwar freundlich erwidert, doch so, als sei sie in ihren Gedanken und Empfindungen gestört worden.

Wie auch jetzt. Sie blätterte in ihrer Lektüre, ohne, wie es schien, eine bestimmte Seite zu suchen. Sie hob den Kopf, ließ ihren Blick über das Mobiliar und damit auch in seine Richtung wandern. Gleichzeitig verharrte ihr rechter Zeigefinger auf einer Seite. Als habe sie endlich eine bestimmte Stelle gefunden, die auf keinen Fall wieder verlorengehen dürfe. Sie machte einen nervösen Eindruck.

Sie erinnerte den nun behäbig seine Pfeife stopfenden Mann an einen Fall, den er vor vielen Jahren in einer kleinen Hafenstadt am Atlantik zu bearbeiten gehabt hatte. Er wusste nicht genau, woher diese plötzliche Erinnerung kam. Der Name der Tatverdächtigen war ihm entfallen. Catherine

hatte das verschwundene, wahrscheinlich ent-
führte Kind geheißen, dessen war er sich sicher.

Es war nicht allein dieses urplötzliche
Aufschrecken aus scheinbar tiefer Gedanken-
versunkenheit. Es waren nicht nur das nervöse
Spiel der Finger und der unstete Blick. Es war vor
allem die große Diskrepanz der Äußerlichkeiten.
Zwischen der sich dem Wetter aussetzenden, bur-
schikos und doch sehr weiblich wirkenden jungen
Frau und der Person, zu der sie binnen kurzem
geworden zu sein schien. In ihren malvenfarbenen
Pumps, einem knielangen dezent karierten Rock,
einer in der gleichen Farbe wie die Schuhe ge-
haltenen hochgeschlossenen Bluse, die im Aus-
schnitt eines einen Ton dunkleren Kaschmir-
pullovers zu erkennen war, wirkte sie jetzt einer
anderen Generation oder einem anderen Milieu
zugehörig.

Vor vielen Jahren war es eine nur wenig ältere
Frau gewesen, deren Verwandlung ihn ebenso
irritiert hatte. Die unverheiratete Erbin eines
großen Vermögens, zu dem ein prächtiges Anwesen aus der Zeit des Zweiten Kaiserreichs gehörte. Sie war ihm eher zufällig begegnet, kurz vor
einer überraschend angesetzten ersten Verneh-

mung. Er hatte sie beim Entladen eines alten Fischkutters im Hafen von Pornic beobachtet, wo sie kräftig zupackte, schwere Flechtkörbe auf einen Karren wuchtete und im Dialekt der Vendée schwadronierte. Knapp zwei Stunden später hatte er sich von einem Gendarmen zu einem etwas außerhalb der Stadt und in einem großen Park liegenden Haus führen lassen.

Als er der Tatverdächtigen im Vestibül des Palais gegenüber gestanden hatte, erinnerten ihn nur die strahlend blauen Augen der nun zerbrechlich wirkenden Frau sowie die in einer Ecke stehenden Gummistiefel, von denen der Geruch von Meerwasser und Fisch ausging, schlagartig an die flüchtige Begegnung am Nachmittag. Er wäre in jedem anderen Fall nicht verwundert gewesen, hätte die junge Herrin des Hauses sich mit Hilfe eines Stocks gestützt, sich das Verhör zur Uhrzeit ihrer Lesestunde verbeten oder einen *major domus* rufen lassen, der die ungebetenen Gäste des Hauses verweist. Großes Erstaunen hätte es auch nicht hervorgerufen, wenn die Hausherrin gerade damit beschäftigt gewesen wäre, die Tochter des Bürgermeisters am Klavier zu unterrichten, oder wenn die beiden Polizisten in die Teestunde dreier notabler Damen hineingeplatzt wären. All dies hätte zum Haus und zu dessen Besitzerin gepasst, zu dem schlichten schwarzen Kleid, zu den zarten Händen und dem streng frisierten Haar.

Was in dieses großbürgerliche Haus nicht gepasst hatte, war nicht wirklich dagewesen. Es war die Erinnerung des im folgenden Gespräch seine Worte noch sorgsamer wägenden Kriminalkommissars. Das schwarze Zigaretten rauchende Fischweib brachte er nicht mit dem Bild einer Frau zusammen, die allein schon beim Anblick seiner Pfeife in Ohnmacht fallen würde.

Er genehmigte sich noch einen zweiten Calvados und wechselte ein paar Worte mit dem Jungen hinter der Theke, bevor er die 22 Stufen hinauf zu seinem Zimmer in Angriff nahm.

DER IN DER TASSE VERBLIEBENE REST war kalt. Er würde sich keinen zweiten bestellen. Angewidert beäugte er den prallen Teebeutel. Noch nie hatte er die feinen Porzellantassen, den bernsteinfarbenen Tee, die kleinen silbernen Löffel, die hausgemachten Kekse, ja sogar die dazugehörende Geschwätzigkeit seiner Tante Rose oder die Servilität des Clubdieners Vincent so vermisst wie an diesem

Tag. Schon seit dem Morgen. Pechschwarzer bitterer Kaffee, dazu zwei Scheiben geröstetes Weißbrot und ein Töpfchen Marmelade entsprachen nicht gerade seinen Frühstücksgewohnheiten.

Sollte er vor dem Abendessen noch einen Schritt vor die Tür gehen? Mit Vergnügen hatte er bemerkt, dass die in dem schweren Sessel fast versinkende Kanadierin oder Amerikanerin in der letzten halben Stunde immer wieder zu ihm herübergeblickt hatte. Nicht dass ihre Blicke den Eindruck machen würden, verstohlen, neugierig oder anrüchig zu sein. Aber es waren auch keine Blicke, die nur zufällig trafen. Der Koloss, der gerade die Treppe hinaufstieg, hatte die hübsche junge Frau dagegen mit offenkundigem Interesse beobachtet, wenn auch nur für einen buchstäblichen Augenblick.

Sie musste Amerikanerin sein. Er war sich sicher. Amerikanerin mit heimlicher Liebe zu England. Er stellte sie sich vor, wie sie vor einem Cottage in Sussex Rosen schnitt oder kurz vor dem Eintreffen zweier Nachbarinnen in der Küche Sandwiches mit geräucherter Makrele oder Roastbeef belegte. Keinesfalls stammte sie von der Westküste, dafür war sie zu blass. Auch nicht aus Florida. Ihr fehlte die Mischung aus Modeschmuck, Alkoholproblemchen, dem wöchentlichen Friseurtermin, der Mithilfe in Wahlkampagnen eines lokalen Politikers. Sie malte sich in unruhigen Nächten gewiss nicht aus, als Schlampe den Ehemann, den Club, die Nachbarinnen in ihren goldenen Käfigen, die öde *Community* und die ganze Welt vor den Kopf zu stoßen.

Sie musste von der Ostküste kommen, aber keinesfalls aus New York. Er vermutete sie im Verlagswesen, eher Lektorat als Magazinredaktion. Ratgeberliteratur wäre ein guter Tipp. Sie konnte aber auch Juniorpartnerin einer alteingesessenen Anwaltskanzlei in Boston sein, sicher mit dem Schwerpunkt Wirtschaftsrecht, trockenes Spezialthema wie Patente oder ein ähnliches Sachgebiet. Jetzt war er sich sicher: Sie arbeitete in einer mittelgroßen Stadt in Vermont, Maine oder Delaware. Sie wohnte zehn, zwanzig Meilen außerhalb, in einem Ort, dessen Name an die indianischen Urbewohner erinnerte. Goldener Herbst, Einkaufszentrum, Feriencamp, angelnde Ehemänner in dicken karierten Jacken und Baseballmützen auf dem Kopf. Geschäftige Ehefrauen, die gemeinsam Mal- oder Töpferkurse besuchten, einen europäischen Kombi in der Garage stehen hatten und sich täglich darüber verständigten, wer welche Kinder wann wohin chauffieren würde. Nein, stopp! Ihr war dieser häusliche Trubel wohl nur aus zweiter Hand bekannt. Sie war immer noch Jungfer oder durch den tragischen frühen Tod des Ehemanns wieder alleine, lebte im Haus ihrer Mutter, fuhr werktags kurz vor acht Uhr mit dem Zug in die Stadt und kehrte meistens erst nach sieben Uhr wieder heim. Am Wochenende zog sie die Lektüre von Gedichten und das Schreiben von Briefen den zahllosen Barbecues in der Nachbarschaft vor.

Er genoss das Spinnen immer weiterer Gedanken. Sie würde wohl viel dafür geben, Brainburg oder Cochea Creek gegen ein Nest in Südengland einzutauschen. Im Moment würde sie aber wohl am liebsten im Erdboden versinken. Sie hatte den Rest ihres Milchkaffees über den Ärmel verschüttet. Er ging auf sie zu und reichte ihr sein Taschentuch. Erst als er des fragenden Blickes gewahr wurde, von dem er im ersten Moment nicht wusste, ob dieser seinen eingestickten Initialen oder seinem Hilfsangebot galt, ging sein Sich-Herunterbeugen in eine höfliche Verbeugung über.

DIE VERBLÜFFTE AMERIKANERIN hatte ihrerseits wieder das Gefühl, diese Szene müsse sich eigentlich in einem englischen Herrenhaus zutragen. Sie sammelte binnen eines kurzen Moments all ihre Sinne auf einen einzigen Punkt, vergewisserte sich der erworbenen Anstandsregeln, dankte dem Kavalier für das Taschentuch, murmelte etwas von Nicht-so-schlimm, schöpfte Mut und fragte den Mann, ob es ihm große Umstände machen würde, sie für einige Schritte in die nahe Umgebung des Hauses zu begleiten. Trotz des Wetters.

WER AUF DEM WEG VOM DORF ZUM CAP auf halber Strecke vom Fahrweg abbog und dem zwischen einigen Bäumen verschwindenden Schotterweg folgte, traute dort, wo dieser Weg eine leichte Rechtsbiegung machte, seinen Augen nicht. Das kleine Anwesen übte bei jedem, der sich ihm näherte, Verblüffung und Faszination aus. Es war eines jener zweistöckigen, eigentlich nur anderthalbstöckigen Gebäude, die mit ihrem wuchtigen und gedrungenen Aussehen so viele Straßen dieses Landstrichs säumten. In der Regel waren es alte Bauernhäuser, die zwei oder drei Jahrhunderte lang Wohnräume, eine Werkstatt, Vieh und Ernte unter einem Dach beherbergt hatten. Über Generationen hatte Fleiß und Bescheidenheit, Ruhe und Armut zwischen ihren vier Wänden geherrscht. Heute waren die meisten dieser Häuser dem Verfall preisgegeben oder aber in den letzten Jahren als Feriendomizil von Großstädtern hergerichtet worden. Nur wenige wurden noch von einem greisen Paar, einem kläffenden Hund und ein paar Hühnern oder einem Schwein bewohnt.

Das Gebäude, von dem sich der Mann mit dem linnenen Taschentuch und die Frau im karierten Rock allmählich entfernten, erinnerte im ersten Moment an all die anderen Bauernhäuser der Gegend. Doch zu diesem Anwesen gehörten noch das nahe Wäldchen, die große Rasenanlage auf der windgeschützten Seite des Hauses, ein alter Ziehbrunnen und zwei Wirtschaftsgebäude. Die heutige Hostellerie war vor Jahrhunderten Wohnsitz eines Klostervorstehers, dann eines napoleonischen Steuerbeamten, später Landhaus eines Seeoffiziers aus Saint Malo gewesen. Zu Beginn des 20. Jahrhunderts wurde es für wenige Jahre von einem bekannten Landschaftsmaler als Sommerhaus und Atelier genutzt. Über vierzig Jahre hatte es dann leer gestanden, bevor es in den fünfziger Jahren von einem Pariser Notar für wenig Geld gekauft, mit einem neuen Dach, neuen Fenstern und zeitgemäßen sanitären Anlagen versehen wurde. Wände wurden herausgebrochen, Werkstatt und Wohnstube wurden zu einem einzigen großen Raum.

Nach und nach wurde aus dem alten Anwesen ein beliebtes, während der Saison sehr gefragtes kleines Hotel. In diesen letzten Septemberwochen gab es jedoch nur noch wenige Pensionsgäste. Vier an der Zahl.

SIE HATTE EINEN BLICK FÜR PAARE. Sie verlangsamte das Tempo. Kein Liebespaar, kein Ehepaar. Kein verhalten geführter Wortwechsel, hinter dem sich Abgründe eines tiefergehenden Streits verbargen. Kein zerfahrenes Reden, durch das notdürftig gebändigte Lust auf ein wortloses Miteinander schimmerte. Der schlanke Engländer war ihr wegen des *Bentley* aufgefallen. Zu ihm passte das altbackene Wort Automobil. In einem großen *Renault* oder *BMW* wäre er genau so fehl am Platz gewesen wie seine Begleiterin auf einem Fahrrad wie ihrem, dessen Sattel nun allmählich Schmerzen an ihrem Hintern verursachte. Zum Glück waren es nur noch wenige hundert Meter bis zum *Relais*. Sie trat fester in die eiernden Pedale.

Die Tour, die sie bis zum Leuchtturm und dann in einem großen Bogen bis Pléhérel geführt hatte, steckte ihr in den Beinen, den Armen und im Rücken. Es war nun einmal kein anderes als dieses klapprige Rennrad aufzutreiben gewesen. Die anderthalb Stunden, die stark gebeugte Körperhaltung und der Nieselregen forderten spät aber umso gewaltigeren Tribut. Was gäbe sie für eine Badewanne! Sie würde sich mit einer heißen Dusche begnügen müssen, sich dafür aber dann mit einem Doppelten entschädigen.

Geschwister könnten sie sein. Nicht die Sorte Bruder und Schwester, die beide in ihrem kleinen Dorf hinter dem Deich wohnten und bald darum streiten würden, zu welchem Preis das noch von der kranken Mutter bewohnte Elternhaus verkauft werden sollte. Sie waren auch nicht Geschwister, die sich mit der Zeit nur noch zu Weihnachten, auf Beerdigungen oder anlässlich von Taufen wiedersahen, die sich nicht mehr füreinander interessierten und seit Jahren die Mittagessen-Kaffee-

Kuchen-Abendbrot-Martyrien wortlos über sich ergehen ließen. Nein, es waren Geschwister im Geiste. Geschwisterbande, wie es sie nur in alter Literatur gab. Zartheit der Gefühle, schwüle Sehnsüchte, depressive Tage, feingliedrige Hände auf der Klaviatur, ein Hauch Inzest. Unterdrückte Gier nach Leben und Tun auf der Schwesterseite, heimlicher Drang zur Poesie auf der Bruderseite. Solche Figuren hatten ihren rechtmäßigen Platz auf Buchseiten.

Geschwisterbande und Automobil. Sollte ihr noch ein drittes derartiges Wort einfallen, wäre nicht ausgeschlossen, dass ihr Drahtesel (das war es!) in Wahrheit eine Zeitmaschine war.

Das Rad war im Schuppen abgestellt. Sie hatte die Wollmütze vom Kopf gezogen, den Jungen hinter der Theke mit einem stummen Lächeln gegrüßt und sich der Treppe zugewandt. Auf dem schmalen Absatz wäre sie fast mit einem noch größeren und korpulenteren Mann zusammengestoßen. Er ließ ihr den Vortritt. Sie brauchte sich nicht umzudrehen. Er würde ihre prachtvolle Hinteransicht bewundern. Sie hätte darauf ohne Zögern eine Flasche *Moskovskaja* gewettet.

In ihrem kleinen Zimmer zog sie die Turnschuhe aus, die Socken und Leggings flogen in die Ecke, ihren Anorak und das Sweatshirt hängte sie über den Heizkörper, der Schlüpfer verschwand in der Tüte für Schmuddelwäsche. Sie fröstelte und warf einen Blick in den alten, in den Ecken schon stumpfen Spiegel. Gänsehaut überströmte ihre Schultern und Arme. Sie fühlte sich wohl, bis sie unbändigen Druck auf der Blase verspürte. Der Weg über den Flur war ihr jetzt zu viel. Keine Minute später fühlte sie sich noch wohler. Sie hatte die Schiebetür der Duschkabine gerade geschlossen und den Temperaturregler auf 35 Grad gestellt, als ihr wieder der Gedanke an die Zeitmaschine kam. Automobil, Geschwisterbande, Drahtesel und Bidet. Das war's.

DER PRÄCHTIGE HINTERN hatte neben ihm Platz genommen. Den doppelten Wodka hatte sie in einem Zug gekippt, mit einem leichten Nicken in Richtung der Bedienung einen zweiten bestellt, sich ein schwarzes Zigarillo zwischen die Lippen gesteckt und – wiederum ohne Worte –´gewartet, dass er ihr Feuer gab. Er bestellte noch ein Glas Bier, ließ die Streichhölzer in der Westentasche verschwinden und schaute der rothaarigen Frau direkt in die lebendigen Augen.

Er war gerade sechzig geworden, bald würde er in Pension gehen. Er hatte viele Frauen kennengelernt. Trauernde Kleinbürgerinnen und vorlaute Oberschülerinnen, vor sehr vielen Jahren Hutmacherinnen und vor kurzem eine Gruppe Computerspezialistinnen, in all den langen Jahren immer wieder ebenso Huren wie Schlossbesitzerinnen, kleine Schauspielerinnen und hochnäsige Politikergattinnen.

Einige Offerten hatte es gegeben, früher mehr als in den letzten Jahren. Keine war es ihm wert gewesen, auf das zu verzichten, was zu ihm gehört hatte wie die nächtlichen Streifzüge durch den Montmatre, die endlosen Verhöre am Quai, Bier und Sandwich aus dem nahen Bistro. Oder die strapaziösen Bahnfahrten in die Provinz. Das weinerliche Bekenntnis eines des mehrfachen Kindermordes überführten Notars oder die ohnmächtigen Schreie einer alten Bäuerin, deren Söhne nichts mehr vor sich hatten als den Gang unter das Fallbeil.

Es wäre ihm nie eingefallen, auf die erste Tasse Sonntagskaffee zu verzichten, die ihm ans Bett gebracht wurde, nicht auf die Pantoffeln, die bereitgestellt wurden, wenn er die letzten Stufen zur Wohnung an der Place des Vosges erklommen hatte, nicht auf den *Coq au Vin* und nicht auf die immer spärlicher gewordenen abendlichen Spaziergänge durch das Viertel.

Seit der Scheidung war alles anders geworden. Georges hatte solch ein Ende nie in Erwägung gezogen. Und jetzt, wo sein Schöpfer seit einigen Jahren tot war, würde er es auch nie mehr erfahren. Er trank in letzter Zeit noch mehr als sonst. Er hatte einen Schnaps, ein Bier oder eine Flasche *Bourgeuil* noch nie verpönt, doch ihm fehlten nun die abendlichen Stunden der Entspannung, die warme Hand auf der seinen und die Ruhe, die von ihr ausgegangen war. Er glaubte, binnen weniger Monate um Jahre älter geworden zu sein. Eine Müdigkeit, die sich nicht mehr abschütteln ließ, hatte sich seiner bemächtigt.

Dass ihm nun der Anblick einer attraktiven, Lebenslust ausstrahlenden Frau wieder ein Kribbeln in den Leisten verursachte (Georges hätte ihm im besten Falle ein Stechen in der Herzgegend zugestanden!) und er sich diese Frau auch anders als in einem Verhör, als Verdächtige oder Zeugin vorstellen konnte, war nur ein klitzekleiner Lichtblick in seinem Alltag voller Routine, Anstrengung und Tristesse. Ein Lichtblick, den zu hüten er beabsichtigte. Das breite Gesicht, der Körper und das vor ihr auf der Theke liegende Büchlein ließen ihn an eine wahrhaftige Russin denken. Die in einem fast schwarzen Rot geschminkten Lippen, die Ohrringe und der kurze Lederrock, das andeutungsweise Zucken der Mundwinkel deuteten aber eher auf eine Polin oder Pragerin hin. Das Zigarillo, die Vorliebe für Wodka, das Wissen um die Anziehungskraft der eigenen blauen Augen und die Fahrradtour waren jedoch allen anderen Argumenten überlegen: neben ihm saß eine Deutsche.

Auch von dieser Frau ging etwas aus, das vergangene Tage in ihm wachrief. Das Schnapsglas in ihren Händen, der Kopf, umgeben von sich nur langsam auflösenden Rauchwolken, das Selbstbewusstsein der Frauen, die sich alleine an einer Theke aufhielten, demonstrative Körperlichkeit, unverhohlene Blicke – all das gehörte dazu. Wie die Flaschen und Gläser hinter der Theke. Nur die Musik fehlte. In den fünfziger Jahren hatte er viele lange Abende und manchen sehr frühen Morgen in einem Café oder einem kleinen Restaurant des

Hallenviertels verbracht. Die Arbeit hatte allen in den Klamotten gehangen. Egal ob in den blauen Kitteln der Drucker, den Hemden der Binnenschiffer, den Schürzen der Marktweiber oder den geschlitzten Röcken der Straßenmädchen. Man kannte sich. Fremde wie die ersten amerikanischen und deutschen Nachkriegstouristen oder Beamte und Händler aus der Provinz hatte man auf den ersten Blick erkannt. Man war freundlich zu ihnen wie es die Höflichkeit gebot, nicht weniger, nicht mehr.

Er sah seine wehmütige Erinnerung bestätigt, als das junge Paar den Raum betrat, sich für einen Moment unschlüssig umsah und nach einer kurzen wortlosen Verständigung entschied, den Apéritif an der Theke zu nehmen. Die beiden passten ebenso wenig hierher wie sie damals in die *Cigogne*, den *Vieux Marin* oder den *Auvergnat* im Hallenviertel gepasst haben würden.

AUSSERGEWÖHNLICHE ELEGANZ, feiner Zwirn, vielleicht etwas zu viel Pomade (das fünfte Wort!), eine goldene Zigarettendose, goldenes Feuerzeug mit Initialen, parfümierte arabische Zigaretten. Die teure Ausgabe eines Gigolos, wären da nicht der

Wagen, die Hornbrille und das kluge Lächeln. Sie im enganliegenden Cocktailkleidchen, schick, aber hier, im September am Cap Fréhel? Ja, keine schlechte Figur, im Gegenteil, etwas schmalbrüstig zwar, aber ein knackiger Po, ein wunderschöner Hals, der von den hochgesteckten Haaren freigegeben wurde, und ein lebendiger Gesichtsausdruck. Sie würde, im Gegensatz zu ihm, bestimmt nichts dabei finden, im Frühjahr bei vierzehn Grad Wassertemperatur die Badesaison zu eröffnen. Das sprach für sie.

Diese Gedanken schossen der Wodkatrinkerin durch den Kopf, als das Paar einen alten Port und einen trockenen Sherry bestellte. Sie mussten sich mit der regionalen Variante eines *Kir Royal* für sie, und einem *Pastis* für ihn, begnügen, was beide jedoch nicht sonderlich zu stören schien.

Sie musste etwas langsamer trinken. Noch ein Glas Wodka würde die Sinne trüben. Sie wollte nach dem Essen noch ein paar Ideen zu Papier bringen und die Geschichte vielleicht schon grob skizzieren. Sie würde an den Moskauer Erlebnissen anknüpfen. Diese hatten zwar trostlos geendet, aber so schlecht war die Geschichte auch wieder nicht gewesen. Statt aber nach Hamburg zurückzufliegen, würde ihre Hauptfigur an der Basilius-Kathedrale mehr zufällig als mit Absicht ein Gespräch belauscht haben, in dem von einer gigantischen Schieberei mit Kunstwerken die Rede gewesen sein würde. In London würde sie dann Auktionshäuser abklappern, Experten befragen, eine ihr liebevoll verbundene Journalistin in die Suche einspannen und in einer Galerie einen waschechten Landedelmann kennenlernen. Das Weitere würde sich geben. Romanfiguren sind eigenwillig, dachte sie mit einem Schmunzeln. Hat man ihnen Leben eingehaucht, suchen sie sich selbst den Weg. Man musste diesen dann be-schreiben und offenlassen, sich von Kehrt-wendungen nicht überraschen lassen. Auch Doris war sich zu sicher gewesen.

Warum sollte nicht der schnieke Engländer, der neben seiner Begleiterin unruhig zu werden schien und seinen zweiten *Pastis* fast pur trank, eine Hauptrolle in der Geschichte spielen. Sie würde ihn in den Kunstdiebstahl verwickeln, von dessen kuriosen Einzelheiten ihr Pat, die zärtliche Repor-terin des *Weekly Standard*, erzählt haben würde.

Das Radfahren hatte ihrem Kopf offenbar besser getan als ihrem geschundenen Körper. Der Rücken schmerzte. Sie würde von dem hohen und viel zu schmalen Hocker absteigen müssen. Sie bestellte sich doch noch ein Glas.

IN SEINEM BEKANNTENKREIS gab es natürlich Frauen, die kniefreie Röcke trugen, auch Frauen mit ausgeprägtem Hang zu harten Getränken, irgendwie rothaarig waren fast alle Frauen am nordwestlichen Küstenstreifen Englands. Zigarren, ja sogar Pfeifen rauchende Bridge-Runden gab es in der *Upper class* jeder Grafschaft. Noch nie war ihm jedoch eine Frau begegnet, die zum Essen im kurzen Lederrock und roten Stöckelschuhen erschien, über dem Mini ein gestreiftes Herrenhemd und darunter offensichtlich keinen BH trug. Bei solchen Brüsten. Er war sich nicht sicher, ob ihr leuchtend rotes Haar unfrisiert oder aber sorgsam gestylt war. Sie saß, die strammen Beine übereinandergeschlagen, auf einem Hocker, paffte ein Zigarillo, genehmigte sich Wodka aus einem Wasserglas und parlierte mit ihrem Nachbarn, als sei sie die Wirtin eines Pubs im Londoner Eastend und er einer ihrer Stammkunden, etwa ein allmonatlich, an einem bestimmten Tag und zur immer gleichen Uhrzeit eintreffender Viehhändler aus Norwich.

Er griff nach seinen Zigaretten, bot der Literaturdozentin aus New York (oh, Margery, verzeih mir!) eine an, die diese dankend ablehnte, und versuchte angestrengt nachdenkend den Gesprächsfaden wiederzufinden, den er durch den Blick auf die imposante Erscheinung kontinentaler Weiblichkeit verloren hatte. Die neben ihm sitzende zierliche Person hatte also schon promoviert, vertrat seit zwei Trimestern einen Lehrstuhlinhaber für englische Literatur, stammte eigentlich aus Frankreich, war aber schon mit zwei Jahren nach den USA eingeschifft worden. Seine *Arabica* verglomm im Aschenbecher.

Sie war hierhergekommen, um sich vager Spuren zu versichern, neue zu finden und ihr Kindheitsrätsel zu lösen. Unter anderen Umständen hätte ihn diese Angelegenheit vielleicht gereizt. Ein außerordentlich interessanter Fall könnte daraus werden, dachte er, um diesen Gedanken gleich zu verwerfen. Schließlich war er der Insel entflohen, um das unangenehme Ende eines anderen Falles zu vergessen.

Ein auf den ersten Blick keineswegs außergewöhnlicher Kunstdiebstahl hatte sich zunehmend als vertrackte Angelegenheit erwiesen. Und durch seine Schuld, mindestens Teilschuld, hatten seine Ermittlungen in einem Todesfall geendet, der nun von Scotland Yard als unaufgeklärtes Verbrechen behandelt wurde.

Er wollte für ein paar Tage in Abgeschiedenheit ausruhen, unter Menschen sein, deren Sprache er nicht verstand und deren Boden er noch niemals vorher betreten hatte. Er wollte sich endlich über seine Beziehung zu Margery klarwerden. Vielleicht war die Chance, diese Lebensaufgabe zu bewältigen, nie größer als hier und jetzt. Seine Zigaretten schmeckten ihm nicht mehr, einen anderen Wagen würde er sich auch gerne zulegen. Obwohl es sich davon und darin gut leben ließ, war ihm das gewohnte Milieu doch allmählich immer fremder geworden. Warum sollte nicht auch er einmal mit einem Fahrrad diesen Küstenstreifen erkunden? Er ärgerte sich, dass Margery – nach ihrem einschneidenden Betrugsmanöver – immer an vieles, ja noch an das allerkleinste Detail gedacht hatte, es ihr aber nie in den Sinn gekommen wäre, ihn Laufschuhe einpacken zu lassen. Sein Körper war gut gebaut, warum sollte ihn eine kurze Sporthose entstellen? Sie ließ ihm zu wenig Freiraum. Er mochte nicht daran denken und weigerte sich, die

Folgen in all ihrer Unüberschaubarkeit in Erwägung zu ziehen. Vielleicht war nun die Zeit der Trennung gekommen.

Schon wieder hatte er sich von der angenehmen Plauderei mit Kate ablenken lassen. Erst jetzt fiel ihm das kleine Seepferdchen auf, das das linke Revers ihres gerade noch den Halsansatz freigebenden Kleides zierte. Als habe sie seinen Blick missverstanden, drehte sich seine neue Bekanntschaft etwas nach rechts und ihm die linke Schulter zu. Er tat so, als habe er diese Reaktion nicht bemerkt und bemühte sich, das Gespräch wieder aufzunehmen, indem er sie etwas willkürlich nach dem besonderen Interesse amerikanischer Studenten an älterer englischer Literatur befragte. Ihre Antwort fiel dürftig aus.

Langweilte er sie? Er war beliebt als Gesprächspartner in angeregten und doch nicht oberflächlichen Plaudereien, bekannt für ernste, aber niemals bleischwere Gedanken. Er würde sich ein drittes Glas dieses fürchterlichen Franzosentrunks genehmigen. Warum sollte er nicht zum ersten Mal in seinem Leben aussprechen, dass er kleine Brüste, blasse Halsgruben, spärliche Sommersprossen um eine etwas zu stolze Nasenwölbung und unruhig flackernde Augen mochte, dass er dieses Gesicht gerne streicheln würde? Auch jetzt und auch hier. Margery würde, könnte sie über einige hundert Kilometer Entfernung hinweg seine Gedanken lesen, schrill aufschreien und glucksend in Ohnmacht fallen. So, als habe er gerade seine flache Hand auf den in Leder gepackten drallen Hintern seiner zweiten Thekennachbarin klatschen lassen.

SIE WÜRDE AMANDA ein Schnippchen schlagen. Warum sollte sie auch hier, am Arsch der Welt, die selbstbewusste, aber gelegentlich selbstzweiflerische, zurückhaltende, spröde und in Gedanken versunkene Literaturtante spielen? Warum sollte sie nicht mehr als nur flirten und vielleicht schon am ersten Tag mit einem Unbekannten ins Bett gehen? Hier gab es keine Fakultätssitzung und keine Dinnerparty, die – so wollte es Amanda – ansonsten immer den Rahmen gaben für ihre (auch dafür war Amanda verantwortlich) raren und verschämten sexuellen Eskapaden. Beim nächsten suchenden Blick würde sie sich nicht mehr wegdrehen. Dem zähen Plausch über Bacon, Austen und die anderen, den ihr englischer Begleiter mit den Initialen A.C. höflich in Gang zu halten versuchte, würde sie bald ein abruptes Ende machen. Sie hatte, verdammt nochmal, keine Lust mehr, ihre ganze Energie verstaubten Dichtungen und hochschulinternen Intrigen zu opfern. Sie wollte sich nicht mehr damit abspeisen lassen, für dieses trübselige Dasein durch Belobigungen in der Fakultätszeitung oder durch wohlwollendes Geschwafel des Dekans entschädigt zu werden. Sie würde es strikt ablehnen, irgendwelchen dubiosen Spuren irgendwelcher Schreiber anonymer Drohbriefe oder dem von Amanda etwas arg konstruierten Verschwinden der letztjährigen Stiftungsgelder nachzugehen.

Sie würde sich nicht an eine alte Liebe oder grapschende Doktorandenfinger fesseln lassen. Sie würde ihre Lust stillen, wann und wo und mit wem es ihr beliebte. Sie würde sich nicht darauf beschränken lassen, hübsch und reizend zu sein. Warum sollte sie nicht die innere Ruhe des dicken Pfeifenrauchers ausstrahlen und warum nicht die pralle Lebenslust des neben ihm sitzenden Weibs?

Sie würde sich auf die Suche nach ihrer wahren Identität machen, notfalls jeden Quadratkilometer des ihr unbekannten Frankreich durchqueren und nach dem kleinen Mädchen fragen, das in diesem Land vor über fünfundzwanzig Jahren verschwunden und einige Monate später in einer Stadt bei New York wiederaufgetaucht sein soll. Mehr wusste sie nicht. Behörden, ihre Pateneltern, ein Busfahrer und ihre vor kurzem verstorbene Grundschullehrerin hatten das große Loch ihrer Kindheit nur mit wenigen Bruchstücken füllen können.

Daneben besaß sie nur zwei verknitterte Fotos, die sie vor einigen Jahren in einer Zigarrenkiste gefunden hatte. Auf dem einen war ein kleines, vor einem Gartenhäuschen im Gras kniendes Mädchen zu sehen. Das andere war eine nicht besonders gelungene Allerweltsaufnahme, die in einem französischen Hafen aufgenommen worden sein musste. Die Trikolore war zu sehen, im Hintergrund kaum erkennbar ein Leuchtturm, im Vordergrund das Heck eines Fischerbootes. Vom Namen des Bootes, vielleicht auch von dem des Heimathafens oder Besitzers war nur noch die Endung *nic* zu lesen.

Dass in ihrem tiefen Innern die Erinnerung an eine samtene dunkelrote Decke und an die seltsame Paarung von heißen Küssen und starkem

Fischgeruch darum kämpfte, geweckt und ans Licht des Wissens gezerrt zu werden, davon hatte die mit ihrem Leben unzufriedene Literaturdozentin jahrelang keine Ahnung gehabt. Erst die letzten Wochen und Monate hatten etwas verändert. Ihr Schlaf war unruhiger geworden. Immer häufiger lag sie frühmorgens schweißgebadet zwischen zerwühlten Kissen. Traumfetzen schwirrten ihr, meist erst Stunden später, durch den Kopf und verschwanden auf Nimmer-Erinnern.

Sie würde sich ein paar Monate nicht in New York blicken lassen. Dem Dekanatsbüro würde sie ein Fax schicken, um Befreiung vom nächsten Trimester nachsuchen, das Auffinden sensationeller Handschriften einer viktorianischen Autorin vorschützen und vielleicht noch Gespräche mit einem Londoner Verlag erwähnen. Amanda würde es wahrscheinlich überzeugender formulieren, aber auch praktisch musste ein Anfang gemacht werden. Endlich. Kribbelnde Ungeduld machte sich in ihrem ganzen Körper breit.

Kate öffnete ihr Haar und den oberen Knopf des Kleides.

WAR DIE SAISON VORBEI, wurde im *Relais de Fréhel*, wie in fast allen Hotels und Pensionen an der Küste, der Speisesaal geschlossen. Die wenigen Übernachtungsgäste nahmen ihr Essen dann in dem großen Raum ein, der gleichzeitig als Theken- und Aufenthaltsraum diente. Ab Ende September bis weit in den Frühsommer hinein wurde hier an einem großen ovalen Eichentisch gegessen, der acht, vielleicht sogar zehn Personen Platz bot. Die angenehme Atmosphäre des Hauses wurde dann noch familiärer. Dass das Essen an diesem Abend zu einem außerordentlichen Erlebnis für die vier Gäste des *Relais* werden sollte, lag an ihnen selbst.

Niemand schien überrascht zu sein, als der Thekenjunge und die Wirtin vier Gedecke, verschiedene Gläser, einen dreiarmigen silbernen Kerzenständer, blau-rot-karierte Servietten und ein Trockenblumenbouquet zu dem großen Tisch trugen. Kurz nach acht Uhr wurden geschnittenes Weißbrot und eine große Terrine aufgetragen. Die beiden Frauen und die beiden Männer verließen ihre Plätze an der Theke und setzten sich an den ovalen Tisch. Sie taten dies ohne Aufregung und Zögern, eben so, als würden sie dies schon immer jeden Abend und zur gleichen Stunde tun.

Das Essen war opulent und deftig. Der Tisch wurde immer voller. Weinflaschen und ein Krug Wasser waren dazugekommen. Nach der Lauch-Kartoffel-Suppe hatte die Wirtin ein Muschelragout und geräucherte Fischfilets serviert. Ein zweites Körbchen Brot war nachbestellt und der Aschen-becher schon benutzt worden. Die vier Personen hatten den Tisch in Beschlag genommen, so als würde er gerade noch einem vielleicht verspätet dazukommenden Familienmitglied Platz bieten. Jetzt, als zusätzlich die gefüllte Ente, Pommes Frites, zwei Sorten Gemüse und eine Sauciere auf dem Tisch standen, nahm das Abendessen die Ge-stalt eines Gelages an. Auch die Zungen schienen sich gelockert zu haben. Angeregte Wortwechsel, höfliches Bitten um den Brotkorb oder eine der Weinflaschen, grunzendes Wohlgefallen und die knappe Bestnotenvergabe für das Mahl füllten den Raum. Es wurde nicht mehr bloß beobachtet und sinniert. Man kam sich beim und durch das Essen näher.

BELLA HATTE DEN ANFANG GEMACHT und Albert um Ratschläge gebeten, wo sie sich in London am ehesten und besten über all das informieren könne, was mit einem Kunstdiebstahl zusammenhänge. Der Engländer, dessen Krawatte längst gelockert worden war, machte im ersten Moment einen verdutzten Eindruck. Erstmals an diesem Abend schien seine unaufdringliche Selbstsicherheit von einer Spur Irritation, ja sogar Verängstigung überschattet. Bella wollte ihre Frage schon zurückziehen, was natürlich nicht möglich gewesen wäre. Seine schier endlose Aufzählung von Galerien, Kunsthistorikern, Auktionshäusern und Medienleuten zeigten der sich zwischendurch noch einen Wodka genehmigenden Deutschen jedoch, dass sie bei dem Besitzer des noblen Automobils sehr wohl an der richtigen Adresse war.

Noch verblüffter als der Brite reagierte der sein Weißbrot in die sämige Soße tunkende Franzose, als seine zierliche Tischnachbarin fragte, ob sie ihn mit Jules ansprechen dürfe. Sie habe seinen Namen im offen herumliegenden Kalender gelesen, in dem zu dieser Jahreszeit sowohl die spärlichen Zimmerreservierungen als auch Bestellungen beim Weingroßhändler, die Gewinnzahlen einer Lotterie und die Telefonnummer eines benötigten Handwerkers notiert wurden. Ein Lächeln legte sich über das Gesicht des korpulenten Mannes, der die Frage bejahte, als habe die Amerikanerin ihm ins Ohr geflüstert, sich noch nie so wohl gefühlt zu haben wie im Moment. Sein Vorname war jahrzehntelang ein Tabu ersten Grades gewesen. Der tote Georges hatte auch dies – wie vieles andere – so gewollt. Innerer Zorn bemächtigte sich seiner.

Ihm war es deshalb recht, als die Sprache auf die derzeitigen Preise für renovierungsbedürftige Bauernhäuser kam. Auch die gemeinsamen Versuche, der eigentümlichen Anordnung der hiesigen Dörfer, der dazugehörigen Weiler und verstreut liegenden Bauernhöfe auf die Spur zu kommen, sie mit deutschen Haufen- und Straßendörfern und englischen Marktflecken und Farmen zu vergleichen, lenkten ihn ab.

Der Engländer, der noch mit seiner Entenkeule beschäftigt war, kam schließlich auf die Rolle dieses Küstenstreifens im letzten Krieg und auf die deutschen U-Boot-Anlagen an der Atlantikküste zu sprechen. Die Literaturdozentin aus New York und der Beinaherentier aus Paris hörten eher desinteressiert zu, als von La Rochelle, Royan, Brest und Quiberon die Rede war. Sie horchten aber beide auf, als der Hafen von Pornic erwähnt

wurde. Fischkörbe und Gummistiefel, eine Hafen-
kneipe und ein Gartenhäuschen, schwere Vorhänge und dunkle Hölzer, weiche Decken und
Kerzenschein, heftige Wortwechsel und gesummte
Schlaflieder. Wie ein Bienenschwarm brummten
die Erinnerungen zwischen den beiden Köpfen, als
suchten sie verzweifelt Zuflucht.

Der dicke Franzose versuchte, sich in Ruhe zu
erinnern. Warum überkam ihn zum zweiten Mal
binnen weniger Stunden die Erinnerung an diesen
verflixten Fall, den einzigen, der während seiner
langen Laufbahn ungeklärt geblieben war?

Warum zum Teufel fehlte ihm die Gewissheit, ob
damals das Wärterhäuschen am unteren Ende der
Auffahrt und das kleine Gartenhaus durchsucht
worden waren? Hatte er sich auf die Auskunft des
Polizisten verlassen gehabt, oder war er selbst vom
unteren bis zum oberen Ende des in herbstlichen
Farben schimmernden Parks gegangen? Hatte ihn
dieses Nebeneinander von Gummistiefeln und
zartbesaiteter Hausherrin derart verwirrt, sodass
er ernsthafte Fehler gemacht hatte? Fehler, die ihm
erst heute richtig zu Bewusstsein kamen? Er
wischte sich mit einem großen Taschentuch den
Schweiß von der hohen Stirn, stand abrupt auf,

entschuldigte sich bei seiner amerikanischen Tischnachbarin und ging vor die Tür.

Kate hatte das *Pardon* von Jules kaum wahrgenommen. Sie musste einen klaren Kopf behalten. Ihr war, als könne sie den vom Meer kommenden Wind in ihrem Gesicht spüren. Sie blickte auf die vor dem *Relais* stehenden Bäume, bestaunte ihre sich allmählich gelb, rot und braun färbenden Blätter. Mit solchen Blättern war auch ein anderer Rasen schon bedeckt gewesen. Sie hatte sich so gewünscht, durch das Laub zu waten und durfte durch das kleine Fenster doch nur die Vögel und Eichhörnchen beobachten. Es mussten traurige Lieder gewesen sein, die man ihr damals vorgesungen hatte.

Sie fragte A.C., ob es das von ihm erwähnte Pornic noch gäbe, bemerkte das Erstaunen des Engländers und die Unsinnigkeit ihrer Frage. Wo Pornic genau läge, ob es weit von hier sei, eine große Stadt oder ein kleiner Ort, nur ein Marinestützpunkt oder auch ein Fischereihafen, damals im Krieg und vor etwa einem Vierteljahrhundert und heute. Sie konnte nichts dagegen tun und war doch froh, dass diese und weitere verworrene Fragen aus ihrem Mund sprudelten.

DER TISCH WAR MITTLERWEILE ABGERÄUMT worden, um Platz für die riesige, aus Korb geflochtene Käseplatte zu schaffen. Eine Schüssel mit grünem Salat wurde dazugestellt. Bella, die nach dem letzten Stück Entenfleisch einen weiteren Wodka gekippt, ein paar Mal kräftig durchgeatmet und ein Zigarillo geraucht hatte, griff nun zu einem frischen Teller und belegte ihn mit einer Ecke Ziegenkäse und etwas Salat.

Es war ein noch opulenteres Mahl gewesen, nach dem sie vor bald einem halben Jahr ebenfalls den Gedanken gehabt hatte, statt mit einem stattlichen Kerl mit einer schmächtigen, sehr zerbrechlich wirkenden und ihr bis dahin unbekannten Frau ins Bett zu gehen. Sie hatte damals noch einige Gläser Wodka mehr intus gehabt, schließlich war es in Moskau gewesen, am Abend des Ersten Mai, im Kreis langjähriger Freunde und Freundinnen. Dolmetscher, Übersetzer, Fernsehleute, ihr alter Kontaktmann zu den Parteistellen, Lektoren und Dramaturgen. Suscha arbeitete am Puschkin-Institut, wusste viel über Bulgakow und dessen *Margarita*, wurde von Angst um ihren Arbeitsplatz geplagt und von zerfahrenen und traurigen Gedanken über das in den vergangenen Jahren Geschehene gequält.

Sie hatten zusammen getanzt und lachend das Sich-Näherkommen ihrer so gänzlich verschiedenen Körper kommentiert. Lächelnd waren sie dem Rhythmus alter Ami-Schnulzen gefolgt. Still hatten sie die Berührungen von Händen, Armen, Schultern, Brüsten und Becken genossen. Sie wollten beide etwas geben, was sie immer nur vergeblich erhofft hatten zu bekommen. Zärtlichkeit und Vertrautheit, Neugier und eine Lust, die ehrlich war und sich nicht verkleiden oder verstecken musste. Dass es dann doch vor dem Hotellift geendet hatte, war wohl die Schuld ihres Alkoholspiegels gewesen. Dazu die beschissene Aussicht auf den Heimflug im Morgengrauen und überhaupt die Tristesse, die sich im allgemeinen Auflösungstrubel der Abendgesellschaft wieder breitgemacht hatte.

Hier würde man dagegen in aller Ruhe zu Bett gehen. Nach dem Dessert, dem Kaffee und dem einen oder anderen Schnaps würden sie sich ohne viel Aufhebens eine gute Nacht wünschen und auf die Zimmer gehen. Sich auf die Zimmer zurückziehen klänge wohl in dieser Umgebung etwas altbacken. *After Dinner* in einem großen Privathaus wäre das Wort vielleicht angebracht. Eine leichte Migräne vorschützend oder ein dringendes Telefongespräch nach Übersee. Das gesittete Flüchten aus der Gemeinsamkeit in die Einsamkeit. Hier am Cap Fréhel würden sie schlicht und einfach in die Betten fallen, noch ein paar Minuten nachdenklich in den Kissen liegen oder eher unkonzentriert ein paar Buchseiten lesen, vielleicht noch rauchend am Fenster stehen.

Ihr selbst würde sich keine Möglichkeit bieten, die kleine Amerikanerin tanzend zu umwerben. Sie verwarf die ganze Idee. In ihrem Roman würde sie ihre Fantasien zu einem guten Ende führen. Das Leben war offenbar nicht dazu geschaffen.

DER REST DER GESCHICHTE IST SCHNELL ERZÄHLT. Bella Block strich den letzten Rest Ziegenkäse auf ein Stück Weißbrot und schob es sich genüsslich in den Mund. Ein Schluck Rotwein hinterher. Und wieder ein kräftiges Durchatmen.

Auch der dicke Franzose hatte wohl etwas Luft schnappen müssen. Er setzte sich wieder neben sie, schaute ihr wortlos in die Augen, spießte mit seinem Messer nach einer Ecke Butterkäse, ließ dieses dann doch unberührt auf seinem Teller liegen und stopfte sich eine Pfeife. Albert war von der Atlantikküste und den Zeiten des Zweiten Weltkriegs wieder ins England dieser Tage zurückgekehrt. Jules bemerkte schmunzelnd, dass der Landlord und die Literaturdozentin sich mittlerweile duzten.

Sie waren auf den Spuren ihrer Vornamen. Albert war in Frankreich und Italien, wenn auch als Alberto, recht weit, in England und Deutschland dagegen recht wenig verbreitet. Ob er französische Vorfahren habe, wollte Kate von ihrem dunkelhaarigen Gesprächspartner wissen, dessen Kleidung und Auftreten tausendmal mehr für England sprachen als seine Gesichtszüge oder Statur. Nein, er sei in Wales geboren, antwortete A.C. etwas stockend. Dann im Ton lauter werdend und so, als müsse er sein Seelenheil retten, fügte er atemlos hinzu, auch sein Vater und Großvater stammten aus dem gleichen Nest, wären ihr Leben lang, Werktag für Werktag in die dortige Kohlegrube eingefahren, hätten samstags abends einige Pfund zuhause abgeliefert und den Rest bis zum Morgen des Montags im Pub versoffen, beim

Kartenspiel verjuxt oder in der nahen Hafenstadt bei einer billigen Hure gelassen.

Ja, alle sollten es wissen, ihm sei jetzt danach: Sein Leben sei eine einzige Lüge, nein, sein Leben baue auf einer einzigen Lüge auf. Margery sei daran schuld, sie habe ihn im Knabenalter zu all dem gemacht, was er in Wahrheit nicht sei, damals sein wollte, heute nicht mehr sein wolle. Ja, er habe gehofft, sich durch die Bekanntschaft mit Kate, was übrigens nur ein amerikanisches Kürzel für Katharine – französisch Catherine, deutsch Katharina – sei, langsam und in Schritten von seinem Dasein als Landedelmann, Clubmitglied und Couponschneider zu verabschieden. Er hätte den Wagen verkauft, wäre ihr nach New York gefolgt, hätte einen Job gesucht, nach ein paar Monaten um ihre Hand angehalten und die vielen kommenden Wochenenden mit den Kindern oder beim Fischen verbracht. Nein, er habe bemerkt, wie aussichtslos dies alles sei. Bella solle ihm nicht böse sein. Ihr Arsch sei ihm das Signal gewesen, jetzt und sofort und radikal mit allem zu brechen. Er habe, wenn auch nur für einen kurzen Moment, mit dem Gedanken gespielt, sie hinter der Treppe zu nehmen, ja, richtig, so, wie es die Männer seines

Dorfes mit ihren Geliebten gemacht hatten, in den Lagerräumen der Kantinen oder hinter der Waschkaue.

Die ununterbrochene Rede war zu einem Hilfeschrei geworden. Aber niemand wurde von Erschrecken gepackt. Auch nicht Kate Fansler. Sie nahm den schweißgebadeten Waliser in den Arm, strich ihm durchs Haar und küsste ihn zärtlich auf die Stirn und heftig auf den Mund.

Jules Maigret war nicht der Typ, seinem Schrei nach Eigenleben einen ähnlichen Ausdruck zu verleihen wie Albert Campion. Kate, Catherine, Fischkörbe, Gartenhäuschen, Gummistiefel und Pornic. Er würde der Kleinen beistehen. Er würde Kate zu Catherine führen. Er würde den Weg nochmals gehen, an ihrer Seite, sie unauffällig lenkend, das gemeinsame Ziel suchen.

Auf den *Far Breton*, der zum Dessert serviert worden war, folgten der Kaffee und noch ein paar Gläser Wodka, Calvados und ein hausgemachter Likör. Die Vierergesellschaft schien den Abend nicht enden lassen zu wollen. Etwas angetrunken, aber ihrer wichtigsten Sinne noch gewahr, nachdenklich plaudernd und lauthals lachend, sich mehr und mehr wortlos verstehend wie vier glückliche Geschwister, durch einen Blick oder ein flüchtiges Streicheln Trost spendend, mit einem Augenzwinkern oder einer deftigen Zwischenbemerkung ermutigenden Zuspruch äußernd – so wurden Bella Block, Kate Fansler, Albert Campion und Jules Maigret an diesem Abend endlich Schmiede ihres eigenen Schicksals.

Sie hatten vor diesem Tag nie voneinander gehört, wie sollten sie auch. Denjenigen, die sich als ihre Mütter und Väter ausgegeben hatten, war es nie in den Sinn gekommen, die vier oder auch nur zwei von ihnen sich irgendwann irgendwo begegnen zu lassen. Offenbar hatten sie alle eine leise Ahnung davon gehabt, wie abrupt und schnell und unaufhaltsam Figuren laufen lernten und sich ihren eigenen Weg suchten.

WIE UNSERE VIER die dann doch etwas kurze Nacht verbrachten, ob die Laken ihrer Betten zerwühlt waren oder unbenutzt blieben, ob sie noch gemeinsam frühstückten, bevor sie diesem Landstrich den Rücken kehrten, und wohin wir ihnen folgen müssten, wollten wir auf ihren Spuren bleiben, ist nicht von Interesse.

Nicht unerwähnt bleiben soll jedoch, dass am folgenden Nachmittag vier andere Personen sich im *Relais* einschrieben. Georgette Simenon, eine attraktive, lebenserfahrene Belgierin, Witwe eines Senators, wohlhabend, Vegetarierin, einem kleinen Abenteuer niemals abgeneigt. Adam Cross, Texaner aus Überzeugung, Ölmilliardär aus Leidenschaft, kann lauwarmen Kaffee und Intellektuelle nicht ausstehen, eine sehr ehrliche Haut. Marty Allingham, erfolgreicher Yuppie aus dem Themseviertel, Typ Macho mit besänftigendem Pferdeschwanz, kennt alle gängigen Designer-Drogen. Dr. Dorwald Gercke, Gymnasialprofessor, liebt Homer, Flandern und seine Frau, Antialkoholiker, hat eine Leidenschaft für Strapse.

Der Beginn einer anderen Geschichte.

Krasnodar – Cannes

DIE MASCHINE WÜRDE VERMUTLICH nur zur Hälfte besetzt sein. Falls das Bordpersonal mitspielte, könnte es für fast alle Passagiere ein erfreulich bequemer Flug werden. Genug Platz war vorhanden. Die meisten waren Geschäftsleute, fast ausschließlich Männer, vielleicht noch eine Hand voll Touristen und einige vielfliegende Ferienhausbesitzer, überwiegend Paare über fünfzig. Dort unten an der Côte d'Azur war es um diese Zeit schon sehr frühlingshaft, während hierzulande Nieselregen und kühle Temperaturen das Wetter bestimmten.

Lief alles planmäßig, würde der Flug LH 1068 nach Nizza in vierzig Minuten aufgerufen werden. Der letzte Flug an diesem Tag. Die Uhr zeigte 20:30h. Die meisten der schon eingetroffenen

Passagiere dösten in den Sesseln am Gate, einige tranken im nahen Café noch ein Bier oder aßen ein Sandwich. Nur wenige hatten ihren Laptop aufgeklappt, einige mehr wischten über ihr Smartphone. Zeitungen oder Illustrierte wurden keine mehr gelesen. Es herrschte die um diese Uhrzeit übliche nur noch träge Geschäftigkeit. Toiletten wurden aufgesucht.

DIE GRUPPE VERURSACHTE SOFORT AUFSEHEN. Vielstimmige Schritte, Kichern und Lachen und Geplänkel. Als die Frauen um die Ecke bogen, schauten die meisten Männer nicht nur von ihrem Bier oder ihrem Mobilgerät auf, sondern hin. Einmal, zweimal, dreimal.

Ein gutes Dutzend. Alter? Grob geschätzt zwischen zwanzig und dreißig. Gutaussehende junge Frauen. Blond, schlank. Sehr ansehnliche Figur. Für manchen Passagier ein unerwarteter Augenschmaus an diesem Abend. Ja, und nicht bloß zwei oder drei der Geschäftsleute hofften für einen kurzen Moment, dass der Platz neben ihnen doch nicht frei bleiben würde.

Das war kein Kegelclub, der die Jahreskasse verjuxte. Dafür waren sie zu jung, zu gleichmäßig hübsch. Und wer flog dafür schon nach Nizza? Da waren neben Mallorca eher Prag oder Dublin angesagt. Hatte man einige Tage mehr Zeit, dann neuerdings auch die Karibik. Das galt noch mehr für die unsäglichen Junggesellinnenabschieds-partygirls, die mit albernen Hütchen auf dem Kopf und Papiergirlanden um den Hals nun schon seit einigen Jahren Schnellzüge und Billigflieger un-sicher machten.

Eine Volleyballmannschaft oder ein Trainings-team von Hochspringerinnen? Die Frauen waren nicht nur schlank, ohne mager zu sein, sondern auch groß, außergewöhnlich groß. Eher ein Meter fünfundachtzig oder gar ein Meter neunzig. Zu-mindest die meisten von ihnen. Aber trugen solche Sportgruppen nicht immer ein Einheitsdress, Trainingsanzüge mit dem Mannschaftsnamen oder einem Clubemblem? Gerade die aus dem Osten. Nun gut, heutzutage stattdessen vielleicht T-Shirts oder Sweater. Die Frauen sprachen ohne Zweifel Russisch – oder zumindest eine andere slawische Sprache.

In dieser Gruppe trugen nur eine der Frauen und ein viel jüngeres Mädchen eine Trainings-jacke. *Dynamo* stand in kyrillischen Buchstaben auf dem Rücken der einen, das *PSG*-Logo mit Eiffelturm zierte die Vorderseite der anderen. Die meisten Frauen trugen Alltagskleidung. Jeans und dünne Pullover, Leggings, kurze Röcke, Blusen, enge Lederjacken und breite Schals waren vertreten. Auch Jogginghosen und Kapuzenpullis. Die einzige ältere Frau in der Gruppe, sie dürfte schon um die fünfzig sein, trug ein buntes Kleid, darüber eine Strickjacke.

Das gute Dutzend Russinnen ließ sich unter dem TV-Bildschirm nieder, einige packten sofort ihre Smartphones aus und steckten sich Kopfhörer in die Ohren. Eine Brotdose wurde geöffnet, Süßigkeiten wurden angeboten, das Zischen beim Öffnen einer *Cola* und Energydrinks war zu hören. Die Müdigkeit war nicht zu bezwingen. Über sechs Stunden Flug – von Krasnodar nach Moskau, von dort nach Frankfurt – hatte die Gruppe bereits hinter sich. Alles in allem war es ein ganzer Tag geworden. Manche lauschten der Musik aus ihren Kopfhörern und dösten dabei ein. Andere teilten eine Zeitschrift. Zwei kramten Schminkspiegel aus ihren Taschen. Die Jüngste schmuste ihren Teddy und ließ Kaugummiblasen platzen.

Der Flug sei pünktlich, krächzte es aus dem Lautsprecher. Noch zwanzig Minuten bis zum Boarding. Die Fünfzigjährige schien die Durchsage nochmals für alle zu übersetzen und hängte noch ein paar Hinweise, Ratschläge oder Ermahnungen hintendran.

Als die Passagiere ihre Plätze im Airbus eingenommen hatten, bekam niemand die Chance, sich am Anblick einer neben ihm sitzenden attraktiven jungen Russin zu ergötzen. Die Gruppe belegte in der *Business Class* geschlossen die Reihen sechs und sieben und die achte zur Hälfte.

Als LH 1068 kurz nach 23:00h in Nizza gelandet und das Reisegepäck vom Band gefischt war, strömten die Passagiere aus Frankfurt auseinander. Auf die Gruppe aus Krasnodar wartete ein Kleinbus, der sie nach Cannes bringen sollte. Über die Autobahn und die kurvenreiche Strecke hinauf in das Viertel La Bocca. Zwei Stunden später fielen die Frauen in der Ferienanlage *Villa Francia* todmüde in ihre Betten.

ES SPRACH SICH IN WINDESEILE HERUM. Die Giraffen seien wieder da. Routiniers und sich kundig machende Neulinge gerieten in Aufruhr. Klassen-

ausflugatmosphäre. Gespannt, neugierig, ver-
schämt oder gelassen nahmen sich die wissenden
Herren vor, so bald wie möglich an den beiden
Messeständen vorbeizuschauen.

Diese gehörten seit einigen Jahren zu den größten
der Messe. Der Rubel rollte. Gigantische Projekte
konnten auf riesigen Modelllandschaften bestaunt,
bewundert und belächelt werden. Olympische
Sportstätten, umgekrempelte Altstadtviertel, hoch-
moderne campusartige Businessparks, Shopping-
Center und Logistikzentren, Flughäfen, mondäne
Wohntürme und exorbitant teure Townhouses.
Gated Communities inklusive Marina oder privater
Skiliftanlagen.

Zwar konnte man an diesen Messeständen
schon früh am Morgen Krimsekt oder Wodka, Aus-
gebackenes, Schalen voller Kaviar, belegte Brote
und Moskauer Gurken zu sich nehmen, doch in
Sachen Give-aways waren die Russen mindestens
ein Jahrzehnt hintendran. Ansichtskarten, Kugelschreiber, Schlüsselanhänger, kitschige Schnaps-
gläser und aberwitzig altbackene Wimpel.

Zur Attraktion wurden die beiden Messestände
in Cannes durch die Giraffen. Hochgewachsene
blonde Frauen. Jung, ausgesprochen attraktiv.

Rundungen in perfekten Maßen, die in den sehr engen Kleidern zur Geltung kamen. Schwarz, rot, aus Stretch und weit oberhalb der Knie endend.

Die Projektmanager, Vertriebler und Einkäufer deutscher, englischer, österreichischer und holländischer Finanzinstitute, von Fondsgesellschaften, Maklerbüros und Developern würden sich an den vier Tagen mehrmals täglich aufmachen. Dazu die verschwitzte PR-Entourage und die dieser hinterherhechelnden Vertreter der schreibenden Zunft. Als hätten sie alle noch nie attraktive Frauen bewundern können. Als wäre endlich die Gelegenheit da, das letzte Geheimnis, das obere Ende der langen Beine zu entdecken. Vierzigjährige wurden schlagartig zu Vierzehnjährigen. Kugelschreiber fielen aus der Hand und mussten aufgehoben werden. Schuhe wurden geschnürt. Man ging auch ohne sichtbaren Grund in die Hocke.

Kein Zweifel, die Giraffen zogen Laufkundschaft und Schaupublikum an. Die Messestände waren trotz der unwirklichen Immobilienprojekte und der lächerlichen Give-aways sehr gut besucht. Das konnte in der Messebilanz der Aussteller mit Recht positiv vermerkt werden.

DASS AM SPÄTEN ABEND die blonden Schönheiten als Begleitung gebucht werden konnten, wussten die meisten Voyeure gar nicht. Im Reisebudget der oberen Ränge waren dagegen derartige Dienste in vielen Fällen bereits eingebucht. So blieb das angenehme Dinner im *Barriere Le Majestic* an der *Croisette*, im ehemaligen Künstlerlokal *La Colombe d'Or* in Saint-Paul-de-Vence oder in einer Villa am Botanischen Garten von Antibes nur ausgewählten Herren vorbehalten. Die Chefin der Agentur, jetzt in einen Hosenanzug statt Strickjacke gewandet, nahm die Buchungen bis 16:00 Uhr des jeweiligen Tages an. Einmal ausgegeben, machte ihre Handynummer schnell die Runde.

Ob Natasch' oder Galina auch nach dem Abendessen oder einem Cocktailempfang für Verzückung und Männerstolz sorgen konnten, lag dann nicht zuletzt am Terminkalender des nächsten Tages.

Sich bis in die frühen Morgenstunden neben Polina oder Sofia zu räkeln und von ihr oder einer ihrer Kolleginnen nochmals verwöhnen zu lassen, war eine Verlockung, der mancher Geschäftsführer oder Vorstand gern erlag. Auch wenn für acht Uhr ein Arbeitsfrühstück vereinbart worden war oder eine Stunde später der erste wichtige Verhandlungstermin stattfinden würde.

Spätestens am Abend des zweiten Messetages waren die Services nicht nur in einschlägigen Kreisen der Routiniers bekannt. Ganz im Vertrauen wurden Erfahrungen und besondere Vorzüge ausgetauscht. Auch wenn man nicht auf jeden Cent zu achten brauchte. Aber für zweitausend oder dreitausend Euro kaufte man die Katze – oder auch zwei auf einmal – nicht im Sack. Wer unter dem Siegel der Verschwiegenheit die vierzehnjährige Warwara in der Schuluniform einer Zwölfjährigen – mit Teddy im Arm – auswählte, musste seine Spesenabrechnung noch um einiges höher belasten. Doch das fiel nicht unbedingt ins Gewicht.

DIE VERANSTALTUNG an der Côte d'Azur hatte durch die Finanzkrise eine Schramme abbekommen, aber ihren Glanz nicht verloren. Die schwindelnden Höhen waren wieder schnell erklommen. Und bei aller Vorsicht gegenüber Luftschlössern, Geschäftspraktiken und Preisvorstellungen der Oligarchen und Syndikate – Krasnodar und andere russische Hotspots hatten viel zu bieten.

Puzzleteile, mörderische

DAS KLINGELN DURCHSCHNITT DIE STILLE. Sie stellte das Glas zur Seite, nahm den Hörer ab und versuchte, die Reste ihres Sandwiches möglichst geräuschlos hinunterzuwürgen. Sie schluckte und schluckte und schluckte.

Der Anrufer meldete sich nicht. Sie gewann Zeit, die ihr aber doch zu lang wurde, als nach einer endlosen Minute immer noch kein Laut zu vernehmen war. Sie versuchte es mit einem Hallo. Ein lauteres Hallo! Ein auffordernd fragendes Hallo, bitte! Ein ermunterndes Hallo, wer ist dran? Ja, melden Sie sich doch, wer spricht? Sie wollte den Hörer schon wieder auflegen, als ein Stammeln ihr Ohr erreichte. Die Stimme war kaum zu verstehen.

Die Tür sei nur angelehnt gewesen, er habe nach einigem Zögern die Wohnung betreten, im Flur wieder umdrehen wollen, irgendwo habe Musik gespielt, Rufe hätten keine Antwort gefunden, im Wohnzimmer lief der Fernseher, die Vorhänge seien noch zugezogen gewesen, am hellen Nachmittag, im Schlafzimmer habe er sie dann gefunden, ein schwarzes Loch zwischen den Augen, wie im Film, kaum ein Tropfen Blut, wie man so etwas überhaupt zustande bringe, er kenne sich nicht aus, ja, nackt. Er wolle nur Bescheid sagen, für alle Fälle. Sie hatte keine Möglichkeit zur Nachfrage. Aufgelegt.

Sie war seltsamerweise recht gefasst, als habe ihr jemand mitgeteilt, die bestellten Lampenschirme seien erst in zwei Wochen lieferbar. Ärgerlich. Erst als sie den Druck auf ihrem Magen spürte, begriff sie das Gehörte. Sie brauchte jetzt kaltes Wasser im Gesicht oder einen Schnaps. Die Entscheidung wurde ihr abgenommen. Sie flitzte ins Bad und kotzte ihr Sandwich und die paar Schlucke Wein in die Kloschüssel.

DAS TELEFON WAR KAUM ZU HÖREN. Wahrscheinlich hatte es schon länger geklingelt. Sie warf noch einen Blick auf den Bildschirm und auf die aus dem Drucker kommenden Seiten, bevor sie zum Hörer griff. Sie kannte weder den Namen noch die

Stimme. Sie wollte schon wieder auflegen, nachdem vom anderen Ende der Leitung nicht zu erfahren war, wozu dieser Anruf gut sein solle.

Sie murmelte etwas von Scherz und Stress. Doch dann fiel sein Name. Ja, ganz deutlich vernahm sie seinen Namen – und ihren. Nein, niemand sonst wisse davon. Nein, nichts spräche dafür, es auch andere wissen zu lassen. Privatsache sei Privatsache. Geschäft sei Geschäft. Man könne sich treffen. Egal wo, egal wann. Nun ja, nicht am Nordpol, nicht am Sankt-Nimmerleins-Tag. Scherz beiseite. Heute Abend, im Café? Ja, genau dort! Keine Sorge, man werde sich schon nicht verfehlen. Zehntausend Mark seien wohl angemessen. Sie solle die Angelegenheit nicht falsch verstehen, aber auch nicht unterschätzen. Einmal könne der Treff platzen, man wisse ja nie, eine zweite Verabredung sei dann aber die letzte. Keine Scherze, bitte.

Setzen Sie die Bearbeitung fort oder drücken Sie Escape! Scheiß PC! Sie schaltete einfach aus, zog ihren Mantel über und verließ das Büro. Sie hatte es gewusst, sie hatte es immer gewusst. Es musste Schluss gemacht werden, so oder so. Was war schwerer zu bewerkstelligen? Was würde sie teurer zu stehen kommen? Welcher Schritt würde sie – sollte er scheitern – mehr kosten?

Verdammt, es war schon nach zwölf. Sie musste sich beeilen.

ER HATTE SICH EIGENTLICH einen Spaß machen wollen. Er hätte nie gedacht, dass es ihm wirklich Vergnügen bereiten, ja, ihm Lust verschaffen würde. Er lehnte sich in seinem Sessel zurück, legte das Fernglas zur Seite und zog an seiner Zigarette. Er hatte schon oft beobachtet, wie Leute an der Bushaltestelle sich unter Verrenkungen bemühten, heimlich in der Nase zu popeln, so als würde das auch nur einen der Wartenden interessieren. Andere gingen ein paar Schritte auf und ab, blickten gen Himmel oder auf den Fahrplan, bevor sie ihre leere Zigarettenschachtel oder Coladose verstohlen auf dem Fahrkartenautomaten entsorgten. Kaugummi oder Schokolade klauende Schüler im Supermarkt waren da schon unbefangener.

Die beiden schienen sich sicher zu fühlen. Die Vorhänge hatten sie zur Seite geschoben, sogar eine Fensterhälfte war geöffnet. Wie sie sich nun auszogen, etwas hastig, aber die Kleidung ordentlich auf einem Stuhl und am Fußende des Bettes ablegend, machten sie keineswegs den Eindruck, etwas verheimlichen zu wollen. Es war aber ein heimlicher Treff. Darauf hätte er einen Hunderter gewettet. Wer vögelt schon zu einer Uhrzeit, zu der andere Leute zu Mittag essen oder sich in der Umgebung des Büros die Beine vertreten. Amüsant. Auch Eskapaden schienen ihre Routine zu haben. Er streichelt immer zuerst ihren Hintern. Ein schöner Hintern. Er breitet die Arme aus. Sie legt sich zu ihm, dann auf ihn. Er legt die Uhr und einen Ring ab. Immer so, als habe er einige Minuten vorher vergessen, es zu tun. Sie spreizt ihre Schenkel und richtet sich auf, als wolle sie einen letzten Blick auf die über dem Bett hängenden Picasso-Drucke werfen. Seine Hände auf ihrem Rücken werden unruhiger, zupackender. Schöne, schmale Hände. Als wären es die einer Frau. Jetzt musste er wieder das Armee-Fernglas zu Hilfe nehmen. Der Radiowecker zeigte 12.40h. Die langstielige Rose stand in einem Sektglas. Die Bewegungen wurden heftiger und doch gleichmäßiger, ruhiger.

Er genoss ihren Genuss. In einer Viertelstunde würden beide zusammen im Bad verschwinden und kurz nach 13 Uhr die Wohnung verlassen, getrennt, exakt im Drei-Minuten-Abstand. Aus dieser Sache musste sich etwas machen lassen. Er würde darüber nachdenken.

DEN WOHNUNGSSCHLÜSSEL würde sie wegwerfen. Sicher war sicher. Verdammt noch mal, wo war nur das Notizbuch? Das Foto hatte sie aus dem Rahmen genommen, zerrissen und der Klospülung überlassen. Sie durchsuchte die Schubladen des alten Schreibtischs, warf einen Blick auf das Klavier und auf die Kommode, wo das Telefon seinen Platz hatte. Sie war sich gar nicht sicher, ob ihr Name und die Telefonnummer überhaupt in das ledergebundene Büchlein Eingang gefunden hatten. Und wenn, was war daran verdächtig? Sicherlich waren darin noch zig andere Namen verewigt. Aber vielleicht war der ihre als einer der letzten notiert worden. Die Spezialisten bei der Kripo würden so etwas wohl ohne großen Aufwand herausfinden. Wenn sie das Notizbuch fanden! Es konnte doch nicht vom Erdboden verschwunden sein.

Gerade jetzt kam sie auf die verrücktesten Gedanken. Hatte sie in den letzten Wochen einen Knopf verloren? Lag irgendwo ein Lippenstift oder eine Haarnadel? Die von ihr benutzten Streichholzbriefchen wären sicherlich eine todsichere Spur.

Ein Blick unter das Bett. Sie fand einen schwarzen Nylonstrumpf. Sie trug keine, hatte nie welche getragen. Saukerl!

ER WÜRDE SIE AUSNEHMEN wie eine Weihnachtsgans. Verdammtes Flittchen! Er hätte es auch anonym machen können. Wäre sicherer gewesen. Aber er hatte sich entschieden. Sie sollte wissen, dass er alles wusste. Dass sie ihm den Preis zahlen würde, ihm, nicht irgendeinem schmierigen Spanner oder Erpresser. Ihm, persönlich, Auge in Auge, bar, in die Hand. Sie würden sich danach trennen, so als sei nichts gewesen. Ihre verdammte Selbstsicherheit würde dahinschmelzen wie Eis in der Sonne. Ihr cooles Lächeln würde zerbröseln wie ausgetrockneter Gips.

Er würde mit ihr spielen. Die Forderung erhöhen. Ein Sonderangebot vorschlagen. Halbe Summe in bar, die andere Hälfte in Naturalien. Ihm kam es wirklich nicht auf das Geld an. Auch nicht auf ihren Arsch. Sie sollte ihm entsetzt in die Augen schauen. Sie sollte kämpfen müssen, um ihre Tränen zu unterdrücken. Sie würde unten liegen, er obenauf sein. Sie sollte ihm gegenübersitzen und ihn nicht wiedererkennen. Er würde ihr zeigen, dass er sie schon immer durchschaut hatte. Dieses verdammte Flittchen!

HIMMELHERRGOTT, so schwer kann das doch nicht sein! Sie legte die Kamera zur Seite und blickte kopfschüttelnd auf das Paar. Ihr sollt weder ein Ehepaar am Sonntagvormittag noch ein Zufallspaar am Abend eines anstrengenden Messetages mimen. Ihr kennt euch ein wenig, kommt aber auch ohneeinander aus. Ihr mögt euch, könntet auch zusammen essen oder ins Theater gehen. Was euch aber hier und jetzt interessiert, ist nichts anderes als ein anständiger Fick! Und das dürfte doch genügen, oder?

Los jetzt, wir haben nicht viel Zeit. Okay, die Rose ist da, denk an Uhr und Ring! Auf geht's. Come on! Kamera läuft, streicheln, erst später kräftiger zupacken. Gut so, echt gut. Ja, komm, öffne deinen Schoß, nun der Blick auf den Picasso. Kopf etwas zurückwerfen und dann ruhiger werden, ja, ruhiger, immer ruhiger. Herrlich! Schnitt! Na, es geht doch.

SIE HATTE VORHER NOCH NIE EINE WAFFE in der Hand gehalten. Schwer und leicht zugleich. Ein todbringendes Spielzeug. Aufsetzen, gegebenenfalls die Augen schließen, abdrücken. Nicht zögern, auch nicht eine Sekunde lang, hatte er gesagt. Er hatte sie betrogen. Sie würde ihm auch jetzt die Treue halten. Zum letzten Mal.

WIE SOLLTE SIE DAS GELD so schnell auftreiben. Sie würde wohl oder übel ihn darum bitten müssen. Er würde sich nicht zieren, aber Einzelheiten wissen wollen, ihr raten, die Angelegenheit möglichst zu verzögern, auch wenn er nicht genau wisse, um was es sich handele. Aber sie durfte sie nicht im Stich lassen. Sie hatte ihr viel zu verdanken, sehr viel sogar. Jetzt war es an ihr zu helfen. Eine Hand wäscht die andere. Nein, so geschäftsmäßig war ihr Verhältnis nie gewesen. Aber auch nicht direkt freundschaftlich. Sie waren sich nie wirklich nahegekommen. Sie hatten Privates und Geschäftliches immer auseinandergehalten. Sie wollten es beide so. Gott sei Dank.

Natürlich sei er dazu bereit. In zwei Stunden könne er die Summe besorgen. Nein, er wolle keine weiteren Auskünfte. Die Angelegenheit solle ihre Angelegenheit bleiben. Okay, man könne sich treffen. Er freue sich auf sie.

ER WÜRDE SICH VON IHR TRENNEN. Die Sache lief irgendwie schief. Sie waren auf eine abschüssige Bahn geraten. Nicht dass ihn der kleine Spanner auf der anderen Straßenseite besonders gestört hätte. Jeder besorgt sich, was er braucht. Nein, es war das Rituelle, das ihn störte. Gemeinsame Kinobesuche? Von wegen. Kein Schlemmermahl bei *Antoine*, kein Spaziergang am Fluss.

Natürlich war sie nicht zu verachten. Natürlich hatte er es so gewollt. Er war damit einverstanden gewesen. Nicht dass ihn die halben oder dreiviertel Stunden reuten. Keineswegs. Selten zuvor hatte er eine Frau so genossen. Die Rose war immer ernst gemeint. Aber sie würden sich über kurz oder lang im Kreis drehen. Er wollte mehr mit ihr erkunden als versteckte Hautpartien auf der ewig gleichbleibenden Fläche eines französischen Doppelbetts. Mag sein, dass auch sie etwas Ähnliches vermisste und wollte. Sie hatten nach ihrer Vereinbarung nie drüber gesprochen. Jetzt würde es dafür zu spät sein. Es würde besitzergreifend klingen, Unzufriedenheit signalisieren, als fehle ihnen etwas, als könnten sie es sich nicht geben. Ein schlichter Bruch wäre das Radikalste und doch Einfachste. Kündigungsfristen hatten sie niemals erwogen. Auch ihm würde es schwerfallen. Aber was sein musste, musste sein. Er hatte sich darauf eingelassen. Sie aber auch.

ER BETRAT DAS CAFÉ, blickte sich um und ging direkt auf die Telefonkabine zu. Ja, er sei vor Ort. Sie brauche sich keine Sorgen zu machen, die Sache werde schon schiefgehen. Das sage man halt so. Morgen würden sie beide schon im Flieger sitzen. Nein, es könne nichts mehr schiefgehen. Ganz sicher. Er habe sie in der Hand. Er werde keine Zugeständnisse machen, aber auch nicht draufsatteln. Es bliebe dabei, wie besprochen, Ehrenwort. Er tue es doch auch für sie, vor allem für sie. Sie werde niemals mehr vor einer Kamera die Beine breitmachen müssen. Er liebe sie, müsse jetzt aber Schluss machen. Sie solle, verdammt noch mal, aufhören zu flennen. Es gebe kein Zurück. Basta.

ER SPÜRTE IHREN WARMEN SCHOSS. Sie schien ihn zu überfluten. Er genoss diese Sekunden, die stiller waren als eine nordische Nacht und schwüler als ein karibischer Nachmittag. Er liebte sie. Seine Hände suchten ihre vollen Brüste und ihr schönes

Gesicht. Er blinzelte und stutzte erschrocken. Er spürte die Kälte des Metalls und riss die Augen auf. Nie hätte er geglaubt, dass eine Pistolenkugel solch einen Lärm im Kopf veranstalten würde.

ER HATTE SICH AN DEN FREIEN FENSTERPLATZ gesetzt und einen Milchkaffee bestellt. Wie sollte er es ihr gestehen? Würde sie völlig überrascht, geschockt, enttäuscht sein? Oder würde sie Ahnungen bestätigt sehen, klitzekleine Indizien wachrufen und zu einem Wusste-ich-es-doch zusammenknäueln?

Es führte kein Weg daran vorbei. Er musste es gestehen, zu erklären versuchen, um Entschuldigung bitten. Die Sache zu verniedlichen, würde keinen Sinn machen. Überfliegender Aufwasch wäre das Falscheste, was er würde tun können. Aber ins Detail konnte er auch nicht gehen. Nicht bei diesen Details! Was hatte er eigentlich gesucht – und zumindest zeitweise gefunden? Würden sie einfach vergessen können, so tun, als sei nur etwas Unwichtiges geschehen? Er vielleicht, sie nicht. Würde ein Beobachter merken, wie sich in ihren Köpfen und Leibern Spannung verdichtet und deren Explosion nun mühsam unterdrückt wird. So wie er, ohne zu hören, was gesprochen wurde, sich sicher war, dass der Mann in der Telefonkabine mit einer Frau stritt, diese besänftigte und, als dies nicht zu gelingen schien, im nächsten Moment selbst wütend wurde. Sollte er die Offenbarung verschieben? Würde er einen Umweg gehen müssen oder am Ende in einer Sackgasse landen?

IHR SCHÄDEL BRUMMTE, ihre Hände zitterten, ihr Herz schien die Brust zu sprengen. Wenn alles lief wie vorgesehen, würde sie in diesem Moment zum letzten Mal an diesem Tisch sitzen und sich von ihm Interessantes und Unwichtiges aus der Zeitung vorlesen lassen. Der Anruf hatte sie noch nervöser gemacht.

Sie hatte die Fähigkeit entwickelt, nur mit halbem Ohr hinzuhören, sich ihren eigenen Gedanken zu überlassen und doch, stockte er, oder erwartete er fragend eine Reaktion, immer eine mehr oder minder treffende Bemerkung parat zu haben. Egal, ob er gerade den Wetterbericht, den Leitartikel, eine Katastrophengeschichte oder Wirtschaftsdaten zitierte. Das Ende würde lautlos kommen, schon passiert sein, wenn er es bemerkte. Jetzt las er ihr aus einem in der Zeitung wiedergegebenen Polizeibericht vor. Die Leiche sei unbekleidet gewesen und habe vor dem Verbrechen Geschlechtsverkehr gehabt. Ob die rote Rose nur zufällig neben dem Bett gestanden habe oder als Zeichen des Täters oder der Täterin zu verstehen sei, könne beim gegenwärtigen Stand der Ermittlungen nicht gesagt werden. Der Schuss sei aus nächster Nähe abgegeben worden. Sie unterdrückte einen Aufschrei und stieß ihre Teetasse um.

Sie spürte immer noch den perlmuttenen Griff des Revolvers in ihrer Hand. Du musst das Gefühl haben, ihm den kurzen Lauf ins Gehirn bohren zu wollen, so wie er seinen Pint in dich gebohrt hat. Setze die Waffe auf, schiebe dein Becken etwas nach vorne und dann drückst du ab. Paff, vorbei ist die ganze Geschichte. Ob du die Rose stehen lässt oder mitnimmst, werden wir nach der Szene entscheiden.

Sie hatte plötzlich unsägliche Angst. Wie konnte so etwas möglich sein? War sie wahnsinnig? Er musste zum ersten Mal mehrfach nachhaken bis sie auf die Frage antwortete, was sie von dem vorgelesenen Nonnen-Witz halte. Scheiße!

ER WÜRDE KEINE SCHWIERIGKEITEN HABEN, ihr die Initiative zu überlassen. Zumindest würde er sich nichts anmerken lassen, dessen war sie sich sicher. Hier waren sie sich vergangene Woche zum ersten Mal begegnet, zufällig. Hier würden sie sich in wenigen Minuten zum zweiten und letzten Mal treffen. Sie würde ihm das Angebot machen, ganz offen, und er würde nicht nein sagen. Sie würde nicht zu viel verraten. Adresse, Zeitpunkt. Sie würde ihn um nichts bitten und ihm nichts versprechen. Sein Obolus würde in einer roten Rose bestehen. In ein paar Wochen würde er ihr aus der Hand fressen. Er würde die Fassung verlieren. Er würde von Sinnen sein. Er würde keine noch so kleine Chance haben.

SIE HATTE SO ETWAS GEAHNT. Jetzt wusste sie, was ihn um die Mittagszeit im Wohnzimmer sitzen ließ. Sie legte sein Fernglas aus der Hand, dachte einen kurzen Moment nach und formulierte in Gedanken schon den Anruf. Die Telefonnummer würde sich leicht ermitteln lassen.

Solche Schweinereien würden in ihrer Nachbarschaft nicht geduldet. Nicht dass sie besonders prüde sei, aber ihre Perversität, ja Perversität, sei doch zu viel des Guten. Was in anderen Schlafzimmern vor sich gehe, interessiere sie nicht die Bohne. Wer jedoch in Schlafzimmern Pornofilme drehe und dabei selbst nackt hinter der Kamera stehe, der sei pervers, ja pervers. Eine Sau, auf deutsch gesagt. Sie wolle nur das ihr zustehende Stück vom Kuchen. Sagen wir ein paar tausend Mark, nun ja, zehntausend, genau gesagt. Dann sei für sie die Sache erledigt. Sie werde sich wieder melden. Das Geld könne sie aber auf alle Fälle schon mal bereithalten. Alles Weitere werde sie demnächst per Telefon erfahren.

Sie ließ den Rollladen herunter und durchschnitt das Zugband. Er würde sich wundern. Sie goss sich einen Likör ein und griff zum Telefon.

ER WÜRDE DEM SPIEL EIN ENDE MACHEN. Notfalls mit Gewalt. Er war außer sich, öffnete die Wohnungstür, stürzte ins Schlafzimmer und erstarrte. Auf dem Bett lagen sie, erschossen, sauber, zweimal genau zwischen die Augen.

Er durchwühlte die Kommode, blickte unter das Bett, fand ein Paar schwarze Nylons, steckte einen Strumpf in seine Jackentasche und ließ den anderen liegen. Das Notizbuch lag in der Küche, neben der Kaffeemaschine. Er verschloss die Tür, nahm den Aufzug und fuhr nach unten.

EIN GLÜCKSTREFFER. Sie würden sich wiedersehen. Schon nächste Woche, gleicher Ort, gleiche Uhrzeit. Attraktiv, einfach attraktiv. Nicht zu schön, nicht zu viel Kopf, sympathische Wärme. Ausgewählter Geschmack, zumindest was Cocktails und Armreife betraf. Genau das Richtige. Keine Komplikationen. Das war das Wichtigste.

SIE WÜRDEN SICH ARRANGIEREN MÜSSEN. Jetzt brauchte sie das Bett selbst. Nicht nur für die Aufnahmetermine. Ein Hotel wäre ihr wahrscheinlich nicht recht und auf Dauer zu teuer geworden. Wenn schon solch ein Nest zur Verfügung stand! Sie würde die Kamera verstecken, direkt am Fenster, zwischen den Pflanzen.

Während sie sich der Wollust ihrer Körper hingeben, Pobacken, Brüste, Wangen und ihre feuchten Dreiecke streicheln und küssen, küssen und streicheln würden, hätte kein Spanner und keine Voyeurin auf der gegenüberliegenden Straßenseite auch nur die geringste Chance, der summenden Zuverlässigkeit ihrer Kamera zu entgehen.

SIE WAR TRAURIG, als der Schuss losging. Die Kugel bohrte sich ins Hirn. Der Körper unter ihr war binnen einer Hundertstelsekunde zur Leiche geworden. Schwüle Wärme. Eiseskälte. Ihre Träume waren zerstoben. Vor ihr tat sich ein Loch auf. Sie würde sich fallen lassen, ganz tief fallen lassen. Der zweite Schuss war noch tausendmal lauter als der erste. Das Dröhnen in ihrem Kopf schien kein Ende nehmen zu wollen. Der Geschmack von Blut auf ihren Lippen war das Letzte was sie verspürte.

DAS ZUGBAND DES ROLLLADENS baumelte im Grün des Gummibaums. Verfluchtes Weibsstück!

Der ergaunerte erste Kuss

ER HATTE SICH NUN DOCH für ein E-Bike entschieden. So würde er sich nicht nur schneller fortbewegen, sondern seinen Radius – sein Revier, wie er selbst sagte – stark erweitern können. Vor allem würde ihn die Topographie der Stadt, dieses ständige Auf und Ab, nicht mehr so anstrengen wie in den vergangenen Monaten. Er hatte öfter absteigen und sein Sieben-Gang-Rad schieben müssen. War er zu Fuß unterwegs, war schon seit längerer Zeit eine kurze Pause unvermeidbar geworden. Das würde sich jetzt ändern.

Er hatte mittlerweile ein ausgeklügeltes Netz von Ruheplätzen über die Stadt gelegt. Grünanlagen, Stehcafés, Bänke an Brunnen, Bushaltestellen... Am liebsten saß er vor dem Prinzessinnenpalais, da er von dort aus sogar in seinen Ruhepausen die nötigen Beobachtungen machen konnte. Die Hundebesitzer, die ihre Köter frei laufen und in die schön angelegten Blumenbeete kacken ließen. Die Radler, die das Durchfahrverbot, das in der Stadt für alle Grünanlagen galt, einfach ignorierten und Spaziergängern den Vogel zeigten. Die Fußgänger, die ihre Zigarettenkippen, ihre Papiertaschentücher und Softdrinkdosen einfach fallen ließen oder ins Gebüsch warfen.

Schon lange vor dem E-Bike hatte er sich ein iPhone zugelegt. Nicht, um damit zu telefonieren. Mit dem Gerät konnte er auch fotografieren und Videos aufnehmen. Die Möglichkeit zu Sprachaufnahmen über ein kaum sichtbares Mikrofon half nicht nur, seine ärgerlichen Gedächtnislücken zu schließen, sondern war auch nützlich, wenn es galt, verbale Anfeindungen durch die Ertappten zu dokumentieren. Als kleines Weihnachtsgeschenk würde er sich eine Helmkamera gönnen.

Wo er mitten im Geschehen, auf dem Rad oder zu Fuß, selbst auf den Verkehr achten musste, ließ sich so das Blockieren von Busspuren und Zebrastreifen protokollieren, ohne vom Rad absteigen oder stehen bleiben zu müssen. Zugeparkte Radwege gehörten zu seinen Lieblingstatorten. Er hatte neuerdings immer einen alten Korkenzieher dabei, der deutliche Spuren hinterließ. Bis zum vergangenen Jahr hatte er Mahnzettel unter die Scheibenwischer geklemmt, dann schwer ablösbare Aufkleber hinterlassen – mit Stinkefinger-Symbol oder Arschloch-Spruch. Es hatte nichts genutzt.

Erwischte er, aus der Gegenrichtung kommend, Autofahrer, die in der Wilhelmstraße oder Taunusstraße oder am Michelsberg verbotenerweise links abbogen, sprang er mutig auf die Fahrbahn und machte sofort ein Foto. Das war nicht immer einfach; schließlich mussten das Kennzeichen *und* die Umgebung gut zu erkennen sein. Das galt auch in der Luisenstraße, wo über den Tag hinweg Hunderte Pkw-Fahrer das Durchfahrverbot ignorierten. Auch das am Kochbrunnen. Am liebsten legte er sich mit Anzugmännern am Steuer großer schwarzer Dienstwagen an, Typ Referatsleiter in der Staatskanzlei oder einem der Ministerien.

Die Mütter und Väter, die mit ihren Elterntaxis trotz Rundschreiben und Aushängen der Schulleitungen Zebrastreifen und Trottoirs und die Eingänge zu den Schulhöfen blockierten, schrie er regelrecht zusammen. Es gab dann immer Aufruhr, und im vergangenen Herbst wurde in der

Lokalzeitung sogar eine Kampagne gegen ihn, den angeblichen Blockwart, lanciert. Erst als in einem anderen Stadtbezirk, dort war aus der Rentnergruppe sein Freund Kurt unterwegs, eine Zweitklässlerin angefahren und durch den Sturz tödlich verletzt wurde, fand er in einem Zeitungsartikel lobend Erwähnung. Doch er wollte kein Lob. Er hatte nicht an sich halten können und in einem Leserbrief die „Heuchelei der hundert Teelichter" am Unfallort angeprangert.

Es gab viel zu tun, es gäbe sogar noch viel mehr zu tun. Doch die Missachtung roter Ampeln war schon lange kein Thema mehr für ihn. Er hatte jeweils eine Woche lang, von Montag bis Freitag, morgens um acht Uhr, um dreizehn Uhr und kurz nach siebzehn Uhr am Luisenforum, am Zweiten Ring und in der Mainzer Straße Rotsünder gezählt und notiert. Als er seine Protokolle und Statistik der Stadtpolizei, der Ordnungsbehörde und der Presse zur Verfügung stellte, wurde von einem stadtbekannten, mit der Rathauspartei verbandelten Anwalt damit gedroht, „die unzulässige systematische Verkehrsüberwachung durch eine Privatperson" anzuzeigen und (mit Verweis auf den Datenschutz!) strafrechtlich verfolgen zu lassen.

Dass er einer der Ersten gewesen war, die vor vielen Jahren das aufkommende Nichtbenutzen von Blinkern beim Fahrbahn- oder Richtungswechsel bemerkt hatten, war längst Geschichte. Heute schien kein einziges neues Auto mehr mit einer Blinkanlage vom Band zu laufen. Wobei – er war zynisch geworden – das Dauerwarnblinken in zweiter Reihe, vor Dönerbuden und Pizzerien, vor dem Postamt, dem Zehn-Euro-Friseur oder der Bankfiliale, dieser Annahme widersprach.

Manchmal war er auch einfach müde. Seinen ausgeträumten Traum von der Almhütte und Käserei wischte er schnell weg. Er und seine Selbsthilfegruppe wurden allein gelassen. Die Stadtpolizei kontrollierte am liebsten Parkscheinsünder. Das war einfach. Geschah buchstäblich im Vorbeigehen. Nur in jedem zehnten Fall stürzte ein Autofahrer aus dem nahen Büro oder Laden. erklärte wortreich und meckerte pflichtgemäß. Das Knöllchen rentierte sich angesichts der gesparten Parkgebühren auf jeden Fall.

Der Straßenverkehr nahm in der Stadt unerträgliche Ausmaße an. Zu manchen Stunden kollabierte er regelrecht. Die Aggressivität wuchs. Selbsternannte Wutbürger allerorten, die ihrem

Egoismus und Trotz freien Lauf ließen. Rücksichtslosigkeit und Dummheit machten sich breit. Sie prägten den rechtsfreien Raum mit dem Namen Verkehr. SUV-Panzerfahrer, *Chabos* im dicken *Audi*, gehetzte Frauen um die vierzig in ihrem *Mini Cooper*, junge Kerle im verbeulten *Golf*.

Jetzt, da immer mehr Menschen aus Kostengründen oder im Interesse ihrer Gesundheit und Mobilität oder wegen der Umwelt aufs Fahrrad stiegen, nahm zwangsläufig auch die Zahl der rücksichtslosen und rotzfrechen Radfahrer zu, sogar überproportional. So sein Eindruck. Er hatte gezögert, Verständnis gehabt, doch dann war er über seinen Schatten gesprungen. Kein Pardon! Es waren Radfahrer, die kreuz und quer Fahrbahnen und Bürgersteige, Überwege und Kreuzungen, Plätze und Fußgängerzonen als ihr Revier ansahen. Als Revier der seit jeher Rechtlosen. Zu diesen selbsternannten Rächern der Enterbten, den Hipstern und Jungmüttern gesellten sich seit wenigen Monaten nun noch die sich wie Fruchtfliegen vermehrenden E-Roller-Fans zwischen vierzehn und fünfzig. Freitag- und Samstagnacht schnellte unter ihnen der Anteil Betrunkener in die Höhe.

DAS LINKE KNIE SCHMERZTE. Der Innenmeniskus war beschädigt. Die Bänder waren ausgeleiert. Stabil war etwas anderes. Ihm graute jetzt schon vor dem Abstieg, wieder hinunter zum Königsee. Dabei war er gegenwärtig noch aufwärts unterwegs und hatte die erste Übernachtung noch gar nicht erreicht. Aber bald.

Er hatte sich entschieden, die Tour durch das Steinerne Meer noch einmal zu machen. Trotz der Beschwerden in Knie und Schulter.

Vor ziemlich genau zehn Jahren – er erinnerte sich genau: im Kärlingerhaus hatte sich der Wirt geweigert, seinen Fünfhundert-Mark-Schein anzunehmen – war er zum ersten Mal im Berchtesgadener Land gewesen. Er hatte sich zuvor lange gesträubt gehabt, das millionenfach auf Ansichtskarten, Tassen, Wandtellern und Bierhumpen reproduzierte Königsee-Watzmann-Berghof-Idyll in die Reihe seiner Bergwanderungen aufzunehmen. Doch seine Argumente hatten an Schärfe verloren. Er war sie leid geworden.

Und so hatte er sich damals aufgerafft. Die Tagung in Salzburg, die ihm als Moderator drei Fünfhunderter eingebracht hatte, nebenbei und schwarz, war dann ein zusätzliches plausibles Pro-Argument gewesen. Warum nicht die Gelegenheit nutzen?

Die Steinernes-Meer-Tour war schön und anstrengend. Durch die Saugasse über viele Serpentinen hinauf zum Kärlingerhaus, am zweiten Tag zum nochmal gut fünfhundert Meter höher liegenden Riemannhaus, dann über die Watzmannflanke zur dritten Hütte. Dieses Teilstück würde er sich übermorgen nicht mehr zutrauen und stattdessen direkt zum Bootsanleger in Sankt Bartholomä hinabsteigen.

Im Moment, sein erstes Tagesziel war jetzt in Sichtweite, stellte sich sogar eher die Frage, ob er morgen die absehbar harte Etappe durch das Steinerne Meer überhaupt gut überstehen würde. Es war sehr heiß, die Sonne brannte vom Himmel. Der beschwerliche Marsch durch dieses Meer nackter Felsblöcke würde nicht enden wollen. Er würde die unerbittliche Sonne und den heißen Stein verfluchen, das war sicher. Kein Baum, kein Strauch, kein Flecken Gras. Das gerade Gegenteil zum heutigen Aufstieg über feuchte Rinnen, immer wieder mal im Schatten kranker Nadelbäume. Und oben am Kärlingerhaus würden bestimmt auch diesmal einige Unentwegte ein Bad im Funtensee nehmen. Er nicht.

Er hatte Hunger. Trotz des nicht mehr allzu fernen Abendessens und obwohl er damit bereits die Ration der nächsten Tage angriff, knabberte er einen Müsliriegel. Dazu ein Schluck aus der alten Feldflasche. Ein Murmeltier schaute ihm zu.

Seit Jahren hegte er die Vorstellung, ja den Traum, als Rentner die Alpen in unzähligen Touren zu durchwandern. Von der Savoie bis ins Slowenische. Von Juni bis Oktober, Wanderwochen, auch mal zehn Tage, wenn es die Tour erforderlich machen sollte. Die Chartreuse und das Beaufort, den Alpstein rund um den Säntis, Engadin und Wallis hatte er schon früh erschlossen. Irgendwo in den Westalpen würde er in den nächsten Jahren gern als Saisonhilfe in einer Käserei anheuern. Im Karwendel und rund um Meran war er sehr oft unterwegs gewesen. Den Bregenzer Wald nicht zu vergessen. Osttirol war dagegen bis heute ein weißer Fleck auf seiner Karte. Und die Julischen und die Karawanken waren ihm immer zu weit weg gewesen; sie hatten in seinen Zukunftsplänen einen festen Platz. Einen festen Platz gehabt.

Die Gelenke machten nicht mehr mit. Seine Kraft ließ nach. Wie im Beruf. Er aß kein Gnadenbrot. Aber es ließ sich nicht leugnen, dass das Neue nicht mehr reizte, ihn nicht forderte, ja gar nicht interessierte. Er lebte vom Vergangenen. Er hatte etwas vorzuweisen. Er konnte jedem Neuling, so schlau er auch sein mochte und so eindrucksvoll das Abschlussdiplom auch aussehen mochte, immer noch etwas vormachen. Die Hoppla-hier-komm-ich-Typen, Gel im Haar, unhöflich und um keine Powerpointfloskel verlegen, entlockten ihm wie die gestrengen Weiber mit schwarzer Pflichtbrille und Hosenanzug nur ein müdes Lächeln.

Für die letzten Meter hatte er nur noch eine halbe Stunde gebraucht. Sein Rucksack war verstaut. Er genoss das Bier und verschlang die Käs'spatzen und seinen Salat. Seine Tischnachbarn unterhielten sich über die drohenden Turbulenzen an den Finanzmärkten. Er selbst hatte den Renditeverheißungen einer isländischen Bank vertraut und zwanzigtausend Euro angelegt. Er würde sich nächste Woche darum kümmern.

Der Wirt, es war derselbe wie vor zehn Jahren, rüffelte ihn, weil er sich nicht angemeldet hatte. Es war Wochenende, ein sehr sonniges. Kein Wunder also, dass die Hüttenplätze knapp wurden. Das Lager war komplett. Er musste mit einem der neuen Vier-Bett-Zimmer vorliebnehmen. Die Alpenvereinshütte war 2006 modernisiert worden: mehr Komfort, Solarenergie, Brauchwassernutzung.

Glücklicherweise hatte eine Familie kurzfristig ihre Reservierung storniert. Nun würde er also mit drei Frauen aus dem Ruhrgebiet die Nacht verbringen. Hoppla! Er war todmüde, die Mädels waren aufgekratzt und laut. Humor hatten sie. Er mochte diesen handfesten Frauentyp, der auch mal fünf gerade sein ließ. Dass er schon bald seinen sechzigsten Geburtstag würde feiern können, kommentierten sie mit anzüglichen Komplimenten. Dass die Frauen vielleicht gerade mal um die vierzig Jahre alt waren, nahm er betrübt hin. Er schlief schnell ein.

Es gab Momente wie diesen, in denen er sich darüber klar wurde, dass er es geschafft hatte. Ein Augenblick, den er genoss und der ihn dann grübeln ließ.

Er saß an der Hotelbar und genehmigte sich bereits den zweiten Whisky. Seit einigen Jahren, ja, wenn er recht überlegte, seit dem Tag, an dem er zum Chefredakteur der Zeitschrift und in die Geschäftsleitung des Verlags berufen worden war, trank er am späten Abend gern einen Single Malt.

Die frühere Wodka- und spätere Grappa-Zeit waren endgültig vorbei gewesen. Das Studentenleben hatte vor zwanzig Jahren mit dem Einser-Abschluss und der Exmatrikulation sein Ende gefunden. Doch in den darauffolgenden zehn Jahren hallte die Zeit des Studentendaseins noch in seiner Wohnungseinrichtung und seiner Kleidung, in seinen Essgewohnheiten und sehr persönlichen Vorlieben nach. Trotz Berufseinstieg und plötzlich vorhandenem gutem Monatseinkommen, trotz Umzug in eine andere Stadt und Flugreisen, trotz einem (dann misslungenen) Heiratsantrag, einem neuen Mittelklassewagen und dem ersten Fonds-sparplan.

Jetzt, noch einmal fast ein Jahrzehnt später, hatte er sich in eine nette Apartmentanlage am Fluss eingekauft. Er fuhr einen kleinen *Volvo Kombi*, hatte eine Bahncard 100 und eine Vielfliegerkarte in seiner Brieftasche, besuchte regelmäßig Blueskonzerte und Jazzabende, hier in der Stadt, aber auch in Basel, Hamburg, Berlin und sogar Krakau. Jedes Jahr gönnte er sich drei lange Wochenenden, die leiblichen Genüssen vorbehalten waren. In diesem Jahr war er in Palermo, Lyon und San Sebastian gewesen. Er hatte schon einige Dutzend Weingüter im Medoc, an der Loire, im Piemont, am Neusiedler See und am Douro besucht. Ostern, den Sommer, eine Woche im Herbst und die Tage zwischen den Jahren verbrachte er in seinem Ferienhaus bei Saint-Cast-le-Guildo.

Ja, er hatte es geschafft. Er musste sich dessen nicht mehr anhand einer Checkliste vergewissern. Darauf würde er ein drittes Glas *Ardbeg* trinken und den Barmann sowie die beiden Damen am anderen Ende des Tresens auf ein Gläschen ihrer Wahl einladen.

Er hatte den Gipfel erreicht. Wohin würden ihn die nächsten Schritte führen? Jetzt galt es, möglichst lange und unbeschadet oben zu bleiben. Irgendwann würde unweigerlich der Abstieg folgen. Jeder erfahrene Bergwanderer wusste, dass der Abstieg schwerer fallen konnte als ein noch so mühsamer Aufstieg.

Er hatte keinen Grund zur Sorge. Nicht die Degradierung im Beruf, nicht finanzielle Einbußen, nicht ein mit Einschränkungen gepflasterter Lebensstil würden die Zukunft bestimmen. Seine Zukunft. Er sah sich zurecht auf der Sonnenseite dieser bewegten neunziger Jahre. Aber, es gab ein Aber. Der ominöse Zahn der Zeit – und das spürte er besonders nach einem derart anstrengenden Messetag wie dem heutigen – nagte bereits. Nicht immer, noch nicht überall. Doch er nagte an der Gesundheit, am Wohlbefinden, an der Zufriedenheit, am Stolz auf das Geleistete. Er nagte bereits an der Substanz – am Spaß an der Arbeit, an seinem Ideenvorrat und an großen Zielen.

Das Rauchen und harte Getränke könnte er für den Anfang zumindest reduzieren. Die Mitgliedschaft im Fitnessclub hatte er nie gekündigt. Er musste versuchen, dafür zwei Abende freizuschaufeln. Auf ein opulentes Mahl würde er schwerer verzichten können, auch auf die vielen guten Flaschen Wein in seinem Keller. Die Affären konnten sicherlich etwas stressfreier gestaltet werden. Auf zwei, drei Adressen – Bea und Franziska auf jeden Fall – würde er nicht verzichten wollen. Er war beliebt und, sah man von allem Äußerlichen und Scheinbaren ab, eine treue Seele. Er war immer noch begehrt, wobei ihm bereits im Vorjahr aufgefallen war, dass die mit ihm kokettierenden Damen immer seltener jünger und immer öfter einige Jahre älter waren als er selbst. So wie die beiden attraktiven Mittfünfzigerinnen, die sein Angebot angenommen hatten und ihm nun mit ihren Champagnergläsern zuprosteten. Der Barkeeper hatte nein gesagt, nickte seinen drei Gästen aber zu und schob drei Schälchen mit Knabbereien über den Tresen. Die Brünette könnte ihm gefallen. Etwas fülliger als ihre Begleitung, aber sie hatte ein sympathisches Lachen und markante Lachfalten.

Er setzte sein Glas ab. Der Zahn der Zeit meldete sich wieder bei ihm. Er hatte keine klare Vorstellung davon, was es auch in dieser Hinsicht heißen würde, die Gipfelposition so lang wie möglich genießen zu wollen und den Abstieg erträglich zu machen.

ZUM ZEHNTEN JAHRESTAG ihrer Examensfête hatte sich ihre alte Clique verabredet, eine gemeinsame Woche auf Lanzarote zu verbringen. Im Februar, in der Fastnachtswoche. Sie hatten ein geräumiges Haus gemietet, in dem sie alle – immerhin acht Erwachsene und ein kleines Kind – für eine Woche unterkamen.

Vor exakt zehn Jahren, vier Monaten und neun Tagen hatten sie ihre Abschlussprüfungen, die sie im Sommer- oder Wintersemester des Jahres 1976 erfolgreich bestanden hatten, in der Kellerkneipe am Friedensplatz gefeiert. Sie und natürlich vierzig oder fünfzig andere dazu eingeladene und nicht eingeladene Gäste.

Die Fête war, abgesehen vom Anlass, nichts Besonderes gewesen, einfach eine von vielen Fêten, die sie im Laufe der zehn oder zwölf Semester an der Uni gefeiert hatten. Das Bier, der *Metaxa*, der preiswerte Rotwein, die Salate und Schmalzbrote und sogar die Musik waren über die Jahre fast gleichgeblieben. Und doch war im Verlauf des damaligen Abends zu spüren gewesen, dass etwas zu Ende ging, vieles ein neues Gesicht annehmen würde, Wichtiges mit Langzeitwirkung entschieden werden musste. In den ersten Stunden war dies noch kein Thema gewesen. Erst weit nach Mitternacht zeigten auch in dieser Hinsicht der Alkohol und Vorahnungen von Trennungsschmerz und Endgültigkeit ihre Wirkung. Viele Gäste waren schon gegangen. Die Musik wurde leiser statt lauter, mancher kleine Disput dagegen heftiger und unversöhnlich. Tränen durften einfach kullern.

Jetzt, zehn Jahre später, saßen drei Jungs und fünf Frauen an einem großen Esstisch. Die Salate waren vorbereitet, frischer und bunter als damals. Der Wein war zehn Mark teurer. Das Fleisch und der Fisch wurden sorgfältiger ausgewählt.

Ein Lehrer, eine Lehrerin, ein arbeitsloser Soziologe, eine Controllerin, eine Geografin, eine Ärztin und Franziska – von allen immer noch Franzl genannt. Und er, der sein Geld als Redakteur eines Fachmagazins der Nahrungsmittelindustrie verdiente.

Das dreijährige Kind Laura gehörte zu Inge, der bei einer Unteren Naturschutzbehörde in Südhessen tätigen Geografin. Inge, die sich weigerte, den Namen des Vaters ihres Kindes zu nennen, teilte sich seit achtzehn Monaten mit Cornelia eine Wohnung am Neckar. Die Lungenärztin arbeitete seit ihrem zweijährigen Nicaragua-Aufenthalt an einer renommierten Heidelberger Klinik. Hans-Peter lebte von Aushilfsjobs in Kneipen, als Taxifahrer und Nachtportier. Am liebsten waren ihm Statistenrollen in Fernsehproduktionen der *Bavaria*, nebenher schrieb er seit bald einem Jahrzehnt

immer wieder an seiner Dissertation über ober-
hessische Trachten in der Zeit des Bauernkriegs.
Er, der in der Hochzeit der Ostfriesenwitze gern mit
dem Selbstbekenntnis als *Jung ut Auerk* um
Aufmerksamkeit gebuhlt hatte, war in Germering
heimisch geworden. Nach Hamburg, in die Zen-
trale eines Mineralölkonzerns hatte es Biggi ver-
schlagen, die während des Studiums die gefürch-
tete, weil scharfsinnige Anführerin einer links-
radikalen BWLer-Gruppe gewesen war. Sie sympathisierte heute mit Joschka Fischers Partei und
unterstützte mit zehn Prozent ihres Einkommens
ein alternatives Heimprojekt für Mädchen. Gerd
und Angelika waren seit ihrem ersten Proseminar
zusammen, seit dem zweiten Staatsexamen verheiratet und unterrichteten die gleichen Fächer
(Deutsch, Gemeinschaftskunde) an zwei benachbarten Gymnasien in Wiesbaden. In einem Vorort
hatten sie kürzlich ein Reihenhaus erstanden und
sangen im Chor der Kirchengemeinde. Franziska,
die gebürtige Rheinländerin, hatte geheiratet,
damit einen guten Fang gemacht und in Düssel-
dorf einen Laden für hochwertige Dessous und
einen zweiten für exklusive Lederwaren eröffnet.

Ihr deutlich älterer Ehemann war als Manager für Mannesmann sehr oft im Ausland unterwegs.

Inge war seit zwei Wochen immer mal wieder unwohl. Sie war bemüht, es zu verheimlichen. Laura würde sich noch in diesem Jahr über ein Brüderchen freuen können. Inge träumte davon, irgendwann mit den Kindern nach Island auszuwandern. Cornelia, frisch geschieden, suchte Lust und Befriedigung auf Extremtouren in Patagonien, Grönland und Kanada. Zuhause mussten es regelmäßige Bergläufe auf die Hirschhorner Höhe und Tabletten richten.

Als Franzl und Biggi die beiden Doraden von ihrer Salzkruste befreiten und Inge vergeblich versuchte, Laura bettfertig zu machen, platzte HaPe, schon etwas angetrunken, mit der Neuigkeit heraus, noch vor Ostern in der DDR die Einbürgerung zu beantragen. Nur das Lehrerpaar fragte nach seinen Gründen. Biggi lachte HaPe einfach aus. Das hatte sie früher auch gern getan. Sogar auf der gemeinsamen Examensfête. Mit der Bemerkung, die bürgerliche Soziologie sei mausemausetot und er als frischgebackener Dipl. Soz. sei sozusagen ein totgeborenes Kind der siechenden spätbürgerlichen Ideologie, hatte sie ihm den allerletzten Funken Zukunftshoffnung genommen. So leicht war HaPe damals zu erschüttern. Auch jetzt blieb er stumm und goss sich seinen vierten oder fünften Brandy ein.

Biggi tat ihr Verhalten gegenüber Hans-Peter leid, die Verletzungen, die Häme. Der kluge und hübsche Soziologiestudent hatte vor vielen Jahren den Verlockungen einer Ethologin in spe nach-gegeben – und nicht Biggis heimlicher Begierde. Sie hatte sich damals so sehr nach einem gemein-samen Sonntagsspaziergang nach einem gemein-samen Frühstück nach einer gemeinsamen Nacht gesehnt. Sie hatte geflennt und sich geschworen, nie mehr auch nur geringster Eifersucht Raum zu geben. Sie hatte es durchgehalten. Bis vor drei Wochen, was sonst niemand wusste, als ein Kandi-dat, den sie über eine Partnerschaftsvermittlung kennengelernt hatte, ihr abgesagt und sich für eine langweilige Tippse aus der Eppendorfer Bezirks-verwaltung entschieden hatte.

Die Lammkoteletts waren vorzüglich. Die Runde überhäufte die Köchinnen mit Lob. Den mallor-quinischen Rotwein hatte er zusammen mit HaPe besorgt. Fünf Flaschen waren schon geleert. Er selbst hatte sich zurückgehalten. Er wusste, wie

sehr Franzl es immer gehasst hatte, wenn er angetrunken, mit trüben Augen und unvermeidlich
säuerlichem Atem ihren Hals und ihre Brüste
suchte. Sie waren nie liiert, nie ein Paar gewesen.
Sie hatten sich immer auf ihre eigene extensive Art
gemocht. Franzl würde ihn auch heute Nacht
begehren. Auf ihre Weise. Dominierend, fordernd,
hemmungslos. Am liebsten auf Tischen, auf dem
Fußboden oder – damals – auf Stapeln von Papier
in der KUZ-Druckerei. Er würde es ihr überlassen,
wo sie ihn hier auf Lanzarote nehmen würde.

Sie unterhielten sich beim Dessert – einer
Crema Catalana, süßem Kuchen und viel Obst –
über Gehaltsklassen, Lieblingsstädte, Urlaubs-
pläne für den Sommer und die tollen, leider der
Vergangenheit angehörenden Straßenfeste der
Friedensinitiativen in ihren Wohnvierteln. Über
Vergangenes ließ sich gut plaudern und lachen.
Jeder wusste um geplatzte Träume und Trug-
schlüsse, alle hatten Abschiede hinter sich, und
manche hatten ungeahnte Wege eingeschlagen.
Man zeigte Verständnis füreinander, für Fehltritte
und Entscheidungen. Als Cornelia vom ersten
Aidstoten aus ihrem Bekanntenkreis berichtete,

herrschte einen Moment Stille. Einige wussten bis dahin gar nicht, dass Knut schwul gewesen war.

Die Plauderei ging weiter. Er trug wenig zur Unterhaltung bei. Er machte diese oder jene Bemerkung zu den Äußerungen der Anderen, stellte eine Frage und sorgte auch mal für einen Lacher. Von sich selbst und seinen Plänen erzählte er wenig. Dass er in der Redaktion – unter dem Magazin konnte sich außer Biggi und Franzl niemand etwas vorstellen – überwiegend mit Frauen zu tun hatte, war Anlass für blöde Bemerkungen. Und der Umbruch in der Fachmedienlandschaft war kein Thema für diesen Tisch. Er erzählte auch nicht von seinem geplanten Umzug, der schicken Visitenkarte und von der Trennung von Lottchen, seinem uralten *Renault 5*.

Von ihren früheren, nicht unbedingt gemeinsamen, doch ähnlichen Zukunftsvorstellungen war über die vergangenen zehn Jahre wenig übriggeblieben. Verbrannt, versickert. Niemand zeigte Interesse oder gar Lust, daran zu erinnern. Bemüht scherzhafte Anspielungen verpufften.

Es war kurz nach Mitternacht. HaPe hatte sich schnarchend auf das zweite Sofa verzogen. Eine gute Gelegenheit, um Fünfziger und Hunderter über den Tisch zu schieben. Gerd und Angelika hatten den Flug und den Mietanteil HaPes vorgestreckt und wurden dafür gelobt. Sie verrieten, sich um die Adoption eines vietnamesischen Kleinkindes zu bemühen. Die Meinungen dazu waren geteilt, blieben aber an diesem Abend unausgesprochen.

Als alle – außer dem Dauerschnarcher – ihre Schlafzimmer aufsuchten, gingen er und Franziska noch einmal auf eine Zigarette vor die Tür. Fünf Minuten später klimperte Franzl mit dem Schlüssel ihres Mietwagens. Er hatte keine Wahl und bestieg das *Golf Cabrio*. Er erkannte das Hinweisschild auf die Großbaustelle Playa Blanca. Er würde sich überraschen lassen.

DER ZUG WAR WIE ÜBLICH VOLL BESETZT. Auch in den Gängen vor den Sechser-Abteilen drängten sich die Fahrgäste. Sonntagabend. Der Schnellzug verließ den Frankfurter Hauptbahnhof und fuhr Richtung Norden. Die nächsten drei Haltebahnhöfe würden Universitätsstädte sein. Hinzu kam, dass im Umland dieser mittelgroßen Städte zahlreiche Bundeswehrstandorte zu finden waren. Die Zugreisenden waren um diese Zeit fast ausnahmslos und je zur Hälfte junge Soldaten beziehungsweise Studentinnen und Studenten. Die Zugehörigkeit zu einer der beiden Gruppen war unverkennbar. Man hatte nichts miteinander zu tun, außer der gemeinsamen Zugfahrt. Trostlose kleine Bahnhöfe, Autoscheinwerfer an geschlossenen Bahnübergängen, Ackerland in dunkler Nacht. Es regnete.

Sein Abteil leerte sich bereits in Gießen. Die Wehrpflichtigen, die den Anschlusszug nach Wetzlar erreichen mussten, schnappten sich ihre olivgrünen Säcke und grüßten zum Abschied. In der nächsten Minute stürmte niemand das Abteil. Er würde also bis Marburg allein bleiben. Er legte die Füße hoch und blätterte in seiner *Abendpost/ Nachtausgabe.*

Kurz bevor der D-Zug wieder anfuhr, schob eine junge Frau ruckelnd die Tür auf. Die Frage, ob hier noch ein Platz frei sei, erübrigte sich. Doch die Frau setzte sich nicht gleich, sondern schaute ihn mit einem amüsierten Lächeln fragend an. Er verstand nicht, nahm aber eher automatisch die Füße vom gegenüberliegenden Sitz. Sie dankte mit einem Nicken, wuchtete ihren kleinen Koffer in die Ablage und setzte sich. Ihm gegenüber. Als ob die vier anderen Plätze besetzt wären. Er überlegte, in die Mitte oder ganz nach außen an die Abteiltür zu rücken. Doch er wollte sich nicht lächerlich machen. In noch nicht einmal dreißig Minuten würde der Spuk vorbei sein.

Sie hatte ein freundliches, offenes Lächeln. Die grünen Augen signalisierten Interesse, ja Neugier. Eine Stupsnase, sehr kurze rötliche Haare, ein breiter Mund, doch schmale Lippen. Leider. Die Lederjacke stand ihr, das Halstuch war arg bunt. Unter ihrem kurzen Rock trug sie beige wollene Strümpfe. Die Füße steckten in schweren knöchelhohen Schuhen.

Es war Spätherbst. Die Temperaturen waren bereits Richtung Null zurückgegangen. Die Heizung bollerte. Er stellte eher aus Bequemlichkeit seinen rechten Fuß auf den Heizkörper. Sie tat es ihm mit ihrem linken gleich, streckte sich, um auch den zweiten Fuß ablegen zu können. Er wollte seinen Fuß schon zurückziehen, als sie ihm bedeutete, das sei schon okay, er könne gern so sitzen bleiben, ihre Füße hätten genug Platz. Ihre Schuhspitzen berührten sich.

Er versuchte vergeblich, seine Lektüre fortzusetzen. Sein Gegenüber schmunzelte. Er legte die Zeitung zur Seite, kramte in den Taschen seines Dufflecoats nach Zigaretten. Sie lehnte die filterlose *Gauloise* ab und angelte ein Päckchen *Camel Filter* aus ihrer Umhängetasche. Er gab ihr Feuer. Sie qualmten schweigend vor sich hin.

Das Fenster beschlug. Sie wischte mit dem Vorhang ein tellergroßes Guckloch frei. Sie nahm die Füße vom Heizkörper und streckte ihre Beine aus. Er wollte sich schon entschuldigen, als sich ihre Füße berührten, doch sie schüttelte ganz leicht, fast unsichtbar den Kopf und klemmte gleichzeitig sein rechtes Bein zwischen ihre schweren Schuhe. Erst jetzt fiel ihm auf, dass diese seltsame Frau groß sein musste, zumindest lange Beine hatte.

Jetzt war es an ihm, ihr zuzulächeln. Sie schien es teilnahmslos hinzunehmen. Er war irritiert, verunsichert. Sollte er sein Bein zurückziehen? Das wäre lächerlich. Und warum überhaupt?

Der Zug hatte Lollar passiert, als sie sein Bein entließ und sich wieder etwas zurücksetzte. Er strich gedankenlos über seine Cordhose. Schon im nächsten Augenblick schob sie ihren Po wieder zur Sitzkante und beugte sich nach vorn. In einer Bewegung stützte sie die Ellenbogen auf ihre Knie und hielt ihm beide Hände hin, Handflächen nach oben. Der schlichte silberne Ring und die zwei ähnlichen Ohrringe fielen ihm erst jetzt auf.

Er war verdutzt. Er fragte sich nun ernsthaft, worauf diese unwirkliche Situation hinauslaufen würde. Was wollte sein Gegenüber, welches Spiel trieb sie mit ihm? Sein guter Freund HaPe würde ihm am nächsten Tag bestimmt raten, seinen Fantastereien endlich mal auf den Grund zu gehen.

Er legte seine großen Hände in ihre. Ob er in diesem Moment wie ein heillos verknallter Konfirmand oder wie ein depperter Sonderling aussah, interessierte ihn nicht. Er nahm seine Hände zurück und strich mit seinen langen Fingern über ihre Handflächen. Sie lächelte. Sie sagte, das sei schön. Er griff nach ihren Händen, hielt sie fest umklammert, löste den Griff und wollte mit seinen Händen die nackte Haut ihrer Arme erkunden. Die engen Ärmel der Lederjacke verhinderten dies. Sie rutschte noch ein Stück auf ihn zu, er beugte sich seinerseits noch weiter in ihre Richtung. Ihre Köpfe berührten sich, die Stirn, nicht der Mund.

Die scheppernde Durchsage kündigte den nächsten Halt an. Er würde aussteigen müssen. Er würde von dieser wundersamen Wolke fallen. Er hatte keine Vorstellung, wo er landen würde. Er hatte Angst, zu fallen und hart zu landen.

Er nahm ihre Hände und küsste ihre Fingerspitzen. Mehr wagte er nicht. Er griff nach seiner Tasche. Sie blieb sitzen, also würde sie auf jeden Fall bis Kassel fahren. Scheiße, Scheiße!

Ihm fehlte der Mut! Er traute sich nicht, ihre schmalen Lippen zu küssen und zu gestehen oder einfach sitzen zu bleiben und zu erleben, was möglich wäre. Es war vorbei. Er würde sie nie mehr wiedersehen. Konnte es Schlimmeres geben als solch einen unvorhersehbaren Glücksmoment wieder zu verlieren?

Er stand auf dem Bahnsteig, musste einen Schrei und Tränen zurückhalten. Sie küsste die Spitze ihres Zeigefingers und drückte diesen gegen die Fensterscheibe. Dann schrieb sie spiegelverkehrt in großen Buchstaben: B-e-a.

MORGEN WÜRDEN SEINE LETZTEN OSTERFERIEN beginnen. In drei Monaten wird er, das Abiturzeugnis in der Tasche, sofern er in den mündlichen Prüfungen nicht völlig versagen würde, zum letzten Mal durch das mächtige Portal die Schule verlassen.

Ein neues Leben lag vor ihm und seinen Freunden und Mitschülerinnen. Ihnen würde die Welt offenstehen. Eine Welt, die Veränderung brauchte, die radikale Veränderung bitter nötig hatte.

Er sah sich bereits als *stud. phil.*, in Berlin oder Frankfurt. Vielleicht auch in Tübingen oder Heidelberg. Überall dort war die Zulassung sicher, kein *Numerus Clausus* stand ihm im Weg. Er würde seine Wahl davon abhängig machen, wo ihm seine künftige Studentenbude am besten gefallen würde. Er hatte sich noch nicht darum gekümmert.

Frühestens kurz vor Weihnachten oder vielleicht erst in seinen ersten Semesterferien würde er an die Schule zurückkehren. Die ihrem Jahrgang nachfolgenden Schüler würden bewundernd aufschauen und nachfragen. So wie er und die anderen es mit dem Vorgängerjahrgang getan hatten. Auch er würde sich eine Nickelbrille und einen Schnauzbart zulegen. Er würde im zotteligen Pullover, einer abgetragenen Lederjacke und mit einer Ballonmütze auf dem Kopf in der Raucherecke des Schulhofs – seinem politischen Vermächtnis als Schulsprecher – eine kleine Gemeinde um sich sammeln. Er würde von Proseminaren, Klausurenboykott oder Nacht-und-Nebel-Aktionen vor dem Amerikahaus berichten. Er würde über Adorno und Lukacs und Wittfogel, über Reich und Marcuse schwadronieren. Zum Treiben auf WG-Matrazen würden Andeutungen genügen. Von den *Grundrissen* und von Alexandra Kollontai hatte vor einem Jahr auch der kleine Primaner-Kreis, der sich allabendlich *Bei Lisbeth*, einer alten Apfelweinstube, traf, noch nie etwas gehört. Sogar die gescheite Geli nicht, die eigentlich Angelika hieß und immer an seiner Seite war. Sie war seit der Untersekunda in ihn verliebt und hatte entschieden, genau dort Germanistik und irgendein Zweitfach zu studieren, wo er studierte. Geli war eine verlässliche Kumpanin und sehr fingerfertig. Der Haken: Sie war willensstark und wollte bis zu ihrer Heirat Jungfrau bleiben.

Er würde sich freuen, wenn Geli in Tübingen oder Berlin oder sonst wo plötzlich vor seiner Tür stehen oder ihm in der Mensa begegnen würde. Eine gute Freundin in einer neuen Umgebung, ein vertrauter Anker im absehbar wilden Chaos des Unibetriebs würde hilfreich sein. Er sagte ihr das natürlich nicht.

Er hatte sich nicht nur noch nicht für die Stadt entschieden. Literaturwissenschaft und Philosophie, Germanistik und Romanistik, Soziologie und Politik, Geschichte und ein Orchideenfach, am Ende gar Sport und Politik fürs Lehramt? Er würde es von der Hochschule abhängig machen, auf die letztendlich seine Wahl fallen würde.

Zur Bundeswehr musste er nicht. Er war mit dem Stempelaufdruck *Ersatzreserve IV* im Wehrpass aus der Musterung entlassen worden. Die Schädigung hatte ihn beim Geräteturnen, aber nie beim Fußball behindert. Er würde sich auch in dieser Hinsicht erkundigen müssen. Welcher Verein – Niveau Bezirksklasse oder eine darüber – kam für ihn in Frage? Ein Verein in seinem Stadtteil, mit einer Vereinsgaststätte in der Nachbarschaft. Ja, er musste einige Fragen möglichst schnell beantworten. Die Zeit bis zu den Sommerferien und die Ferien selbst würden schnell vergehen.

Während der fünf Monate bis zum Beginn des Wintersemesters würde er nur an den Wochenenden Gelegenheit haben, die ausgewählten Universitätsstädte zu besuchen. Mit Unterstützung seiner Deutschlehrerin hatte er einen Aushilfsjob in einem Darmstädter Sachbuchverlag bekommen. Er freute sich darauf, obwohl Suhrkamp oder S. Fischer seinen Interessen viel mehr entsprochen hätten. Er würde ein wenig im Lektorat und in der Werbeabteilung tätig sein, vor allem aber die Druckvorstufe, die Druckerei und die Versandabteilung kennenlernen. Zweischichtbetrieb, von sechs Uhr bis mittags um zwei Uhr bzw. von zwei Uhr bis abends um zehn Uhr. Die Nachtschichten der Drucker waren für ihn tabu. Er war gespannt. Doch er ahnte jetzt, kurz vor Ostern, noch nicht, dass er bereits nach einer Woche von der Arbeit und der zusätzlichen Fahrzeit hundemüde sein, wie tot ins Bett fallen und erstmals verstehen würde, wie man sich mit dem Lesen der *Bild* zufriedengeben konnte.

SCHWIMMBADWETTER. Wenn Werner und Klaus mitmachten, könnten sie vielleicht mit den Rädern zum Rhein fahren. Auf den Kühkopf, bis zur Knoblochsaue oder sogar bis zum Kornsand. Das waren dann aber immerhin mindestens zehn Kilometer, einfache Fahrt.

Beim letzten Mal hatten sie amerikanischen Soldaten beim Überqueren des Flusses zugeschaut. Diese hatten von der hessischen Seite aus Pontons ins Wasser gelassen und miteinander verbunden. Nach einer Stunde rollten zwei Panzer und fünf Lastkraftwagen über den provisorischen Flussübergang. Er und seine beiden Freunde waren hastig vom *Stummel* heruntergeklettert. So nannten sie den Rest des mächtigen Sandsteinpfeilers der im Krieg zerstörten Brücke. Sie waren zu den Pontons gerannt und hatten *Schäwwinggumm Schäwwinggumm* gerufen und waren von den Soldaten mit den heißbegehrten Kaugummipäckchen beschenkt worden.

Zu den Pionieren gehörten nicht nur weiße Soldaten. Einen echten lebendigen Schwarzen hatten er und seine beiden Freunde eine Woche zuvor gesehen. Bei sich zuhause. Er war richtig erschrocken. Und verwundert. Vor allem, weil der Soldat in Uniform in einem roten Flitzer die Bahnhofsallee hochgefahren kam. Und das war noch nicht das Ende. Der Neger winkte den auf der Rampe der Güterhalle sitzenden Jungs zu und war in das gegenüberliegende Wohnhaus gegangen. Was wollte der Mann in der Vierzehn? Dort wohnte im Parterre Richard, zwei Jahre jünger als die drei Freunde. In der Mitte schimpfte immer ein alter Kauz aus dem Fenster. Ganz oben wohnte Rainer, der schon in der B-Jugend spielte. Was konnten sie alle mit dem Ami zu tun haben?

Ein Rätsel, das schnell gelöst wurde. Denn Rita, Richards große Schwester, die bereits achtzehn Jahre alt war, schon richtige große Brüste hatte und einen Petticoat unter ihrem Rock trug, kam mit dem schwarzen Mann am Arm durch das Hoftor. Die beiden gingen zu dem roten Flitzer, einer *Chevrolet Corvette*, wie Werner, der immer sein Auto-Quartett mit sich trug, wusste. Der Mann öffnete die Beifahrertür, Rita nahm Platz, verknotete ihr dünnes Kopftuch unter dem Kinn und lachte mit dem Mann, der sich neben ihr niederließ. Der Motor brummte satt wie ein Bienenschwarm. Die drei Jungs winkten, als das Auto vor der Güterhalle wendete. Der Schwarze hob den Arm. Sie bildeten sich ein, erst ganz hinten am Bahnübergang habe der Mann wieder mit zwei Händen das Lenkrad festgehalten.

Hinter vorgehaltener Hand nannten die Frauen in der Nachbarschaft Rita ein *Flittchen*, was immer das zu bedeuten hatte. Einige Männer sagten, sie sehe aus wie Brigitte Bardot, wer immer das auch sein mochte.

Die Dreierbande war im Sommer letzten Jahres Rita hinterhergeschlichen. Am kleinen Sandstrand der Knoblochsaue stand, von einer Reihe Pappeln verdeckt, ein windschiefer Bretterverschlag. In diesem konnte man vor oder nach dem Schwimmen die Kleidung wechseln. Männer nutzten den Schuppen nicht, nur Frauen. Richard, der mit seiner Schwester gekommen war, hatte bestimmt mit Absicht mehrmals laut gehustet, als die Jungs aus dem Gebüsch hinter dem Verschlag schlichen. Als habe sie darauf gewartet, hatte Rita die Tür aufgerissen, sich die Vier geschnappt und jedem zwei schallende Ohrfeigen verpasst. Sie trug einen Ring, das tat besonders weh. Trotzdem kniff keiner der Freunde vor Schmerz die Augen zusammen. So nahe sollten sie derart schönen großen Brüsten in den nächsten zehn Jahren nicht mehr kommen.

Die Freunde konnten nicht nur *Schäwinggumm* sagen. Am frühen Abend gingen sie zum Bahnhof, wo die Italiener sich immer trafen, stellten sich auf die Stufen zur Eingangstür und sagten ununterbrochen *Bonnschorno Bonnschorno*. Sie waren stolz darauf, die Sprache der Fremden zu können, so wie die der Amis.

Er mochte die unrasierten schwarzhaarigen Männer, die mit alten Koffern und Pappkartons ankamen und sich nach einer Pension erkundigten und dann die Baracken auf der anderen Seite der

Bahngleise bezogen. Sie waren freundlich und lachten mit den Kindern. Sie zeigten ihnen winzige Ansichtskarten und deuteten auf Kirchen, Türme, Brücken, Schlösser, große Brunnen und Schiffe. Palermo, Venezia, Napoli und Roma und Roma und Roma und Roma. Aus der Hauptstadt schienen fast alle zu kommen. Die meisten der Männer waren schon alt, so alt wie seine Eltern und die der Freunde oder sogar noch älter. Morgens fuhren sie mit den ersten Zügen nach Darmstadt zu Merck und in die Druckereien, zu Opel nach Rüsselsheim und zur Post oder Bahn in Frankfurt.

Dass viele Männer und Mütter im Dorf behaupteten, die Gastarbeiter, die auch *Spaghettifresser* oder *Ittakker* genannt wurden, seien nur hinter „unseren Frauen und Mädchen" her, fand er dumm. Noch nie hatte er eine Frau aus dem Dorf mit einem Italiener gesehen. Auch nicht mit einem der Männer aus Spanien und Portugal, die bald folgen sollten.

Das größte Aufsehen erregte im Sommer 1961 ein Gastarbeiter, als er mitten in den evangelischen Sonntagsgottesdienst platzte, den Mittelgang entlang ging, sich niederkniete und bekreuzigte. Ein Katholik! Großes Aufsehen und

Gerede. In diesen Jahren nur noch vergleichbar mit der Saalschlacht im Lichtspielhaus Hartung, als Halbstarke aus der Kreisstadt auf ebenso halbstarke Einheimische getroffen waren. Für Gerüchte und Tratsch sorgten auch zwei Frauen aus der Neubausiedlung, die jeden Werktag am frühen Abend in roten Stöckelschuhen mit dem Zug nach Frankfurt fuhren. Dass sie dort Prospekte in Zeitungen einlegten und *Neckermann*-Kataloge packten, wusste niemand.

Erst viele Jahre später sollten Werner, Klaus und er begreifen, wieviel sich in diesen Jahren ihrer Kindheit im Land veränderte. Erst dann erlangten sie einen anderen Blick auf das ehemalige Bauerndorf, in dem kein Junge Bauer werden wollte.

Lokführer und Pilot, Detektiv oder Ingenieur, am allerliebsten natürlich Cowboy oder Autoschlosser. Verkäuferin, Krankenschwester, vielleicht Kindergärtnerin, Lehrerin oder zur Sparkasse. Stewardess oder Mannequin trauten sich nur die Selbstbewusstesten zu sagen.

Niemand hatte sich vorstellen können, dreißig oder vierzig Jahre später sein Leben als Familienanwalt, Briefträger, Immobilienberater, Lagerverwalter, Pfleger oder Schauspieler, als Schulleiterin, Politesse, Gärtnerin, Geschäftsfrau, Fotografin oder Bürgermeisterin zu leben.

Sie hatten andere Träume. Vor Weihnachten wollten die drei Freunde heimlich mit dem Zug nach Darmstadt fahren und den Nachmittag im Märklin-Laden verbringen. Am Kornsand konnten sie im nächsten Sommer die Fähre auf die andere Rheinseite nehmen und die dortigen Reste der gesprengten Brücke erkunden. Sie glaubten nicht mehr an den Klapperstorch, aber sie mussten endlich die Wahrheit wissen: Wie kamen die Babys aus den dicken Bäuchen der Frauen heraus?

Über das Schwierigste sprachen sie nicht. Klar, sie würden im nächsten Jahr endlich vom Dreier springen, sogar mit Anlauf. Doch jeder der drei Freunde hatte sich heimlich vorgenommen, nach dem Auftauchen bei der Schubserei und Planscherei am Beckenrand von irgendeinem Mädchen aus ihrer Klasse einen Kuss zu ergaunern.

Das war noch lang hin, doch Grund genug, die ewig lange Zeit bis zum nächsten Sommer auszuhalten.

Editorische Notizen

Die erzählten Geschichten sind Fiktion. Figuren und Ereignisse sind frei erfunden. Ähnlichkeiten mit lebenden Personen und tatsächlichen Vorkommnissen sind der Wirklichkeit geschuldet.

Die Texte „Verlorene Zeit“, „Puzzleteile, mörderische“ und „Begegnung am Cap Fréhel“ entstanden bereits 1993 und waren bislang unveröffentlicht. Sie wurden für diesen Band geringfügig bearbeitet und den heute gültigen Rechtschreibregeln angepasst.

„Place de la Bastille, 17:30h“, „Haus Nummer fünf“ und „Alenka“ wurden im Sommer 2019 in Beg Léguer geschrieben, „Der Junge mit der Luftpumpe“, „Krasnodar – Cannes“ und „Der ergaunerte erste Kuss“ im darauffolgenden Herbst in Wiesbaden.

Mein besonderer Dank gilt auch für dieses Buch Petra, die kritisch gelesen und immer ermutigt hat.

Wer sich dafür interessiert, was der Autor dieser Zeilen sonst treibt, sei verwiesen auf: www.ae-texte.de